嗨，多年不见。
请随我认识认识，
小懒、木木这些老朋友，
还有新朋友。

木木

南方的理工男，一个有着10后熊孩子的熊爸爸，
皮肤黑也腹黑。对女人热衷的很多事情
极为无奈，但也会包容和宠溺神经质的老婆。
在婚姻生活中，与小懒的矛盾，
主要在小懒想改造他
而他拒绝被改造以及育儿上。

小群

木木和小懒的儿子，10后熊孩子。
人小鬼大，语出惊人，常四两拨千斤，
挑战成人世界中因为面子等问题
而出现的种种难题，予成人以警醒。

小懒

性格大大咧咧的北方大女人。
人生中热衷于三件事：减肥和吃，
以及研究男朋友的使用方法。
擅长与男人斗智斗勇，总是买很多
完全用不到以及买了之后
就再也没穿过的衣服。

阿橙

木木的大学同学、室友。
曾与小懒、木木合租。与丢丢是夫妻。
为人明骚，几乎是木木的反面。
性格非常开放，喜欢占小便宜，至贱无敌、无底限，
喜欢调戏小懒，喜欢追求美女，
可每每弄巧成拙。暗恋Lily，
开始一段暧昧后惨遭拒绝，
后来遇上真命天女丢丢，并奉子成婚。

丢丢

阿橙的老婆，小懒的邻居，
骨子里认为自己就是个女王。
有原生家庭的家暴阴影，
对爱情和男人都很悲观。
原本奉行单身主义的她，
将阿橙收拾得服服帖帖。
小懒在遇见她之后，
在如何调教好男人以及
研究如何开发老公的各种功能方面，
上了一层楼。

莫羡

学霸一枚，喜欢多管闲事。
情商非常低，几次恋爱失败后
成为单身主义者，没想到被苏小白解了心结。

多多

10后少年。阿橙和丢丢的儿子，
小群的好朋友、坚定的追随者、
忠诚的队员。特别爱操心，
小群疏忽的，他全管着。口才好，
说话特别零碎。有着同龄人所没有的头脑，
也有着成年人才会有的各种焦虑。

苏小白

小懒的堂妹，古灵精怪的90后妹子，
工作极其不稳定，频繁跳槽，
却是个商业奇才。有着90后的典型特点：
接受新生事物的能力强，自我，敢爱敢恨。
伤了很多男生的心，反之，
也被很多男生伤过心。
遇见莫羡后，彻底碰到了对手。

赵老师

60后，小懒、木木的邻居。
大学老师，和周老师是一对佛系夫妻。
满足感非常低，亲朋好友，
尤其是丈夫做点什么事，
就会很高兴。唯一发愁的事情是早起，
人生中没觉得有什么痛苦的事，
痴迷买新餐具和酒杯。

周老师

60后，小懒、木木的邻居。
与赵老师是一对佛系夫妻。
拥有屠夫的外表和绅士的内心。为人包容，
对朋友或别人家的事看得都比自己家的重要。
身为七尺男儿，最大的快乐，
是酒足饭饱后，痛快地打个嗝，
这偏偏为老婆最不能忍的事第一名，
两人常常因此挑起战争。

小阔

小懒和木木的儿子，
出生于二〇一八年三月，
白羊座。

陈老西

在国内某有着百年历史的
教育部直属的全国重点大学任教，
专业主攻数据挖掘。
解决所有问题都是理科生的简单、
直接。在妻子费费看来，表面稳重，
实则不懂生活情趣。

费费

声音甜美，外表萝莉，内心汉子。
痴迷化妆，手艺却惨不忍睹，
经常把丈夫陈老西吓一跳。
有了女儿后，在育儿方面，
与学霸男教授丈夫常斗智斗勇。

目录

Contents

第一章

我在想，能不能在我的脑袋里安装一个程序，在里面针对你对我说的话设置关键词，比如说——你爱我吗？我瘦了吗？新衣服好看不好看？有没有想我……然后，只要你问出我设置的这些话，就会有声音从我的身体内直接发送到你的耳朵里，省得我开口了。

❤ 二胎时代 ❤

那时小阔还没有出生。

小懒带着八岁的小群去楼下散步，然后慢慢地，把自己怀孕的消息告诉他。

小群（困惑的）：妈妈，你怎么知道自己怀孕了？

小懒：用验孕棒啊查出来的，还有去医院照B超、验血，都可以确认。

小群（认真的）：你没有骗我玩儿吧？

小懒：当然没有。

小群：你发誓！

小懒（郑重的）：我以你最喜欢的玩具，乐高之名发誓——我确确实实怀孕了。

小群（惊讶，继而露出非常欣喜的表情）：啊啊啊啊！

这时，小群的好朋友多多跑过来。

小群疯狂地抱住多多：你知道吗，我从今天开始，不一样了！

多多（抢答）：啊，你游戏通关了！

小群：不是。

多多（灵光一闪）：我知道了，肯定是你家的那颗魔法种子发芽了！难道，

（捂紧嘴巴）长出了变形金刚？要是多长出一套来，你可一定要送我一套啊。

小群：呃……也不是。

多多：那到底是什么？

小群：我从今天开始，就是当哥哥的人了。

多多（皱着眉头，似乎没听懂）：什么？

小群（激动的）：我妈妈怀孕了，我现在是哥哥了。

多多（茫然的）：这有什么……不一样的？

小群：当然有啊。从现在开始，我就有要保护的人了。爸爸妈妈，要等我长大了才能保护他们，但小宝宝，我现在就可以保护了。

多多：我也想跟你一起保护。

小群：那我是大队长，你是二队长。

多多：就这么说定了。

两天后。

小懒从外面办事回来，遇见了正在小区里玩耍的几个小朋友。

球球：小群妈，你好，我现在是保护你家小宝宝的三队长。

小懒：啥……

咪咪：阿姨，我是四队长。

佳佳：我是五队长。

……

小懒望着眼前的几位队长，摸摸自己的肚子。

早知道小群哥哥这么暖，真应该早点要二胎呀。

❤ 倾听与陪伴 ❤

小懒最近在看美剧《黑白邻居》，好喜欢男主 Dave。

有一集，Dave 简的表现直就如教科书般：

Dave 的妻子 Gemma 是一所学校的校长，她对于要不要开除体育老师非常苦恼。

体育老师每天迟到早退，无故旷课，请假理由也五花八门。

“母亲都去世两次了，最近又陷入昏迷”。

邻居的建议是不要再想着如何改变他，直接告诉他——你被炒掉了。

但 Gemma 觉得这样做有点过分。

她问 Dave：“你觉得我应该辞退 Mccluskey 教练吗？”

Dave 听到妻子问这个问题时，并没有直接给出建议，也没有指责她做事不力、管理有问题、过于纵容下属、失职……而是很认真地问了一句：“你是真的想听我的建议，还是只需要我支持你？”

当得到妻子肯定的回复时，Dave 迅速给出了“必须炒掉他”的建议，但老好人 Gemma 觉得这个建议有点极端。

Dave 察觉到这一点后，迅速调整战略，改为夸赞：“亲爱的，我觉得你的发型好美。”

末了，他又说了一句：“不论你如何决定，我知道都是正确的。”

看到这里简直想给 Dave 颁个奖杯啊。

知道小懒身边有多少女性朋友抱怨，每次跟另一半吐槽烦心事时，不论什么话题，都会莫名其妙地变成吵架甚至互相攻击吗？严重的还会冷战。

举个例子——

丢丢：阿橙，唉，我好讨厌我的同事小朱，我想跟她彻底绝交。

阿橙：为什么？

丢丢：我昨天来大姨妈，早退了半个小时，没想到她居然偷偷打小报告，害得我被罚了一百块钱。我见到她就想抽她。

阿橙：啥玩意儿？你脑子里是不是进水了？！你早退坑公司钱，你还有理了？要我说，小朱举报得好！我要是你老板，罚钱？我直接开了你。还跟人家绝交，你应该谢谢人家，否则长此以往，这样的事情你干多了，你老板早晚要开除你。

丢丢（气得快疯了）：我真是瞎了眼，居然嫁给你这个白眼狼！我要跟你离婚!

阿橙：？？？

丢丢不知道自己理亏吗？其实是知道的。

她下次还敢早退吗？不敢了。

她只是气不过，没想到天天一起吃饭的同事，居然会这样对待自己。

所以在讲这件事的时候，她最不想听到的就是阿橙所谓的中立态度，“客观”的评判，或者指责和建议。

哪怕她真的很不在理。

哪怕都是她的错。

她说出来，是希望有人倾听，希望那个人，不论什么事情，都能没有任何迟疑地，义无反顾地选择支持她。

阿橙正确的做法，应该是：

“小朱这样做，确实有点过分。

“换作我，我也会生气。

“哪怕她私下里偷偷提醒你，也好过直接举报啊。

“哎呀，我老婆受委屈了，来，老公抱抱……”

所以，男人与女人的相处宝典里，应该加上这么一条：

当女人向你倾诉心事时，一定记得问她——

“你是想向我倾诉，还是真的需要我的建议？”

如果是前者，一定记得，不指责、不评价、不评判，更不要提供建议。

给她专注的倾听与高质量的陪伴，是你所能做到的最好的事。

据说心理学家认为，女人遇到问题，通常会找人倾诉，在倾诉和抱怨的过程中，慢慢理清思路，找到解决问题的办法。

题外话：男人是通过运动理清自己的思路的。

所以，聪明的男人，就是要像 Dave 这样啊——

你是在向我倾诉吗？

那我倾听就好了。

陪伴就好了。

每个人都要为自己的决定承担后果。

我会陪伴着你，直到你情绪稳定，理清思路，做出正确的决定。

而不论你如何决定，我知道都是正确的。

你不是孤独的一个人。

我在陪着你，我在听。

我想，我会支持你。

这样，你们就不用吵架了啊。

❤ 爸爸怀孕了 ❤

晚上，木木下班回来，小懒从冰箱里拿出冰好的迷你小西瓜，切成两半，插上勺子。木木一边挖着吃，一边催促熊孩子上床睡觉。

迷你西瓜确实很迷你，挖了几大勺便见底。木木意犹未尽，取了另一半继续大快朵颐。

小群（在床上翻来覆去，终于忍不住问）：爸爸，你怎么吃一整个西瓜？

小懒（拍了拍木木的肚腩，随口胡诌）：哦，忘记告诉你一个好消息，爸爸其实，也怀孕了。

小群（猛地坐起来）：啥？！

小懒：你没听错，（继续胡诌）爸爸怀孕了。

小群（反应了一会儿）：妈妈你骗人，男人不能生孩子，他又没有子宫。

小懒（编起瞎话来连眼睛都不眨）：现在科技日新月异，科学家们早就发明了人造子宫，男人从今往后也可以生孩子了。

木木：……

小群：真的？没骗我？

熊孩子还是有点不敢相信。

小懒（转头，忍住笑，继续一本正经）：当然，不信你看，爸爸的肚子是不是变大了？因为里面跟妈妈一样，有个小宝宝啊。

小群将信将疑。

小懒：你下来听听，已经有心跳声了。

小群（嗖的一声跳下床，半跪在坐在椅子上的木木面前，侧耳倾听）：好像没有什么声音。

小懒：怎么没有，你认真听。

他又听了一会儿。

小懒：你想要弟弟，还是妹妹？

小群（好像终于相信，两手一摊）：三个孩子，你们管得了吗？

小懒（忍住笑）：怎么管不了。管得了，大不了辛苦一点呗。

小群（点点头）：也对。反正弟弟妹妹都行，如果是弟弟，那我就有两个弟弟了。如果是妹妹，我就有一个弟弟，一个妹妹了。

小懒正要走，小群似乎找到了漏洞，大叫一声：妈妈，我问你！

小懒停下脚步，心一沉，啊，毕竟长大了，不是那么好骗了。

小群（一字一顿）：妈妈，我问你，既然男人可以怀孕，为什么阿橙叔叔没怀孕？

小懒（装作为难的样子）：阿橙叔叔也怀孕了啊，你没发现他的肚子越来越大了吗？你知道的，生宝宝很麻烦的，身材变形，很疼，还要照顾宝宝，所以你要记住，爸爸很伟大。

小群：哦，有道理。

小懒（接着叮嘱）：以后爸爸就拜托你照顾了，他现在可是重点保护对象。

木木：……

小群（盯着爸爸的肚子，庄严地、坚定地点点头）：嗯！

小懒（伸出手）：来，说定了，击个掌！

小群（伸出小手，跟妈妈击了一掌）：耶！

木木（已疯）：……

❤ 多多看病非常有经验 ❤

春秋交替，生病的小朋友特别多。

丢丢跟小懒分享多多看病时发生的趣事。

丢丢：唉，我家多多又发烧了。

小懒：去医院看了吗？

丢丢：看了，这熊孩子，到了医院，差点把我笑死。

小懒：怎么了？

丢丢：我领着他进了儿科诊室，坐在穿着白大褂的医生面前。没想到他紧盯着医生办公桌上的压舌棒，人家医生还没来得及问诊——

小懒：发生什么事情，他跑了？

丢丢：没有，他突然大声冲着人家医生喊——阿姨，一会儿我不许你拿冰棍棒杵我嗓子！

小懒：哈哈哈哈！

丢丢：医生都被他嚷得呆住了。

❤ 原来爸爸没怀孕啊 ❤

自从知道爸爸“怀孕”后，小群只要有空，就会守在爸爸身边，期盼地盯着爸爸的肚子，恨不得他立马就给自己生出来一个弟弟或者妹妹。

这天，他还给了爸爸一盒酸奶，并且贴心地撕去酸奶盖，连着小勺子一起给爸爸。

小群：爸爸，你吃。你多吃，里面的小宝宝就能多吃了。

木木（终于听不下去了，忍着揍小懒的冲动）：小群，别听你妈胡说，男人怎么可以生孩子呢？我才没怀孕呢。

小群（将信将疑）：妈妈，你说真话，你到底有没有骗我啊？爸爸到底怀孕没？

小懒（看来必须说出真相了）：好吧，如爸爸所说，目前男人确实没办法怀孕。世界上唯一生了孩子的男人，是一个美国人，但那是因为他变性之前是女人，本来就有子宫，做了手术变成男人后才怀孕的。

小群（有点失望）：那，阿橙叔叔也没怀孕？

小懒：很遗憾，宝贝，没有啊……

小群：哦，本来我还想给他一盒酸奶，让他好好养胎的！

木木：……

小懒（不能再继续编瞎话了）：……

❤ 饱经风霜的脸 ❤

下班时间，街上车水马龙，人头攒动。小懒对面走过来一位三十多岁的男人。他穿着灰扑扑的外套，肩膀上吊着个半满的黄色水泥袋，似在自言自语。

他有着一张饱经风霜的脸，眼睛时闭时睁，看上去悲伤又绝望。

小懒与他擦肩而过时，不动声色地靠近了一些，像个探听人家心事的贼。这下，小懒终于听清楚他嘴里发出的声音：

狼爱上羊啊爱得疯狂

谁让它们真爱了一场

狼爱上羊啊并不荒唐

它们说有爱就有方向

狼爱上羊啊爱得疯狂

……

然后，小懒满脑子都是这首歌，余音绕梁，三日不绝。

❤ 臭直男，单身去吧 ❤

小懒在看一部青春戏。

女主角在教室写黑板报，蓦然回首，男主角看得心荡神摇。

小懒（转过头看着木木）：你知道吗？我的粉笔字写得超帅的，朋友还夸我的字有着男人字体般的雄劲和潇洒。如果你在我上学时看到，仅凭我的字，就一定会爱上我。

木木（淡淡的）：拉倒吧，你的字怎么可能有我帅？

小懒：……

❤ 女追男 ❤

晚上，小懒和闺密丢丢悠闲地在家喝茶。

住在隔壁的苏小白醉醺醺地进来，一副愁肠百结的模样。

在小懒的心目中，堂妹苏小白等于所有“他们”不期望她成为的一切。这里的他们，包括并不限于小白的父母、老师、亲戚、朋友……譬如，小白的老师们就希望小白上课别捣乱，别早恋；小白的父母就希望小白找份稳定的工作，踏踏实实上班，朝九晚五……但显然，小白不愿意。小白同学大学毕业后所做的各种决定，随便扔出几个，都可以把亲妈的好脾气炸得灰飞烟灭……具体事件，后面会慢慢讲。

但这几天，她最大的心事，是——

丢丢（漫不经心的）：咋了？

小白：我跟莫羡告白了。

小懒：这么直接，他接受了吗？

小白：你看我的样子，看不出来吗？

丢丢（眯眼，语速缓慢）：莫羡确实是一个乍一看能迷惑少女心，但聊上两句，就让人死心的男生啊。

小白：你确实是一个乍一看让人想剖心析肝，但聊上两句，就恨不得同归于尽的女生啊。

小懒：小白，你误会了，我们是想多知道一些细节，好给你出些主意。

小白（叹口气，不以为意的）：今晚麻辣烫店开店一周年，我俩请所有员工去外面吃了顿饭庆祝，他送我回家的路上，我就表白了。

丢丢：你们去哪家店吃的？好吃吗？

小白：……

丢丢：主要是小白对吃的要求高，她身为麻辣烫店的老板，愿意带着所有员工去吃的店，一定物美价廉。

小懒：小白，你别理丢丢。莫羡怎么说？

小白：他说，当我的合伙人、朋友可以，恋人不行。还说自己是单身主义者，为人一向自私自利，不可能对除了自己以外的人好。后面他就一直道歉，说不是我不好，是他的问题。

丢丢：他是gay（同性恋者）？

小白：我倒希望他是……（进入否定自我、自暴自弃模式，沮丧地趴在沙发上）一定是我长得难看，性格不好，还吃不得辣……所以他才看不上我。

小白边说边打开了她带回来的外卖盒，盒内是装得满满的麻辣烫。

吃了一会儿，小白辣得不行，一边吸溜吸溜吐着舌头，一边哭着继续吃。

小懒和丢丢看得很是不忍。

木木和阿橙下班回来见到，吓了一跳。

木木：到底什么情况？

小懒（没好气）：还不都是你惹的祸。

木木：你能不能讲点理，就算是我把你堂妹打哭了，至少也得给我几分钟的时间吧？我进家还没超过三十秒，我惹什么祸了？

丢丢和阿橙乐得在沙发上看戏。

小懒：要不是你一年前……

··············一年前的分界线··············

❤ 小白被监视居住 ❤

小懒的堂妹苏小白，一年内换了九份工作，被从老家赶来的亲妈强压着，租下了小懒隔壁的两居室，并叮嘱小懒对其“监视居住”。

小白亲妈临走时，发下圣旨，称小白“锹镐不动，奸懒馋滑”——听听人家用的这词儿。

小白亲妈认为，从小到大，她就不是一块省心的料。希望小懒“严加管教，随时汇报”。

小懒：小婶都奔五的年纪了，还这么雷厉风行的，不容易。

木木：我倒觉得，小白能长成这样，不容易。

小白（满不在乎的）：我这么一个烫手山芋黏上你们俩，你们还能这么淡定地说风凉话，才是真不容易。堂姐，小心我经常夜不归宿哦！回头我妈问起，我就说是去你给我介绍的男朋友家里住了哦！小心我跟我伯母、你亲妈告你的状哦！

小懒：……你能告我啥状？

小白：你昨晚又给你们家小群叫外卖了吧？（学小懒妈妈的语气）外面饭店的东西很脏的，都是地沟油——一个女作家，写书慢就不说了，还不好好照顾孩子，让孩子瘦得跟非洲难民似的，我伯母知道了，肯定电话轰炸你。

小懒（亲妈虐我千百遍，我待亲妈如初恋）：……

木木（接收到小懒的眼色，迅速转移话题）：小白啊，你们90后，我们也不是太了解。你看看你穿的，一眼望过去，我们简直隔着六、七、八、九、十道沟。你妈说你一年换了九份工作？为啥啊？

小懒：是没有找到自己理想的工作？还是嫌钱少？

小白（认真地想）：太多了。就说我的第一份工作吧，我是天蝎座，可我们老板呢，偏偏是狮子座，你说，这每天怎么过？是不是得辞职？

小懒：呃……

小白：第二份，伙食太差了，你瞅瞅我现在瘦的，都大半年了，还没补回来。

木木（看了看小白微胖的身材，敢怒不敢言）：呃……

小白：第三份我就更无奈了，男生太少，我本来就交际面狭窄，天天上班，哪有空交男朋友？本来指望来个办公室恋情啥的，没想到男女比例那么不协调。不辞职咋整，我总不能去做变性手术吧？

小懒：那个……

小白：第四份就令人发指了，我们老板让小三当前台，这我还能忍忍，可没几天他又把小四招来当秘书……第五份呢，主要是女同事天天讲别人的坏话，躲都躲不掉。

木木：是吗……

小白（继续愤愤不平的）：第六份不怪我，冬天那么冷，谁起得来啊，我们经理太没人性，直接把我开了，不就是迟到了十几次吗？有啥了不起的。

小懒（你真的没跟我讲笑话吗）：……还有呢？

小白：第七份工作，是我的错。当时我交了个有钱的男朋友，他说可以养我，哪知道我刚把工作辞了，我俩就分手了。

木木（职场十几年，只换过两份工作）：这……

小白（掰着手指头继续算）：第八份，公司禁止大家上购物网站，太无耻了。我跟老板谈，你猜他说啥？他说如果开放公司网络的话，大家就不能安心做好本职工作了。他也太幼稚了，说得好像封网了，我们就都能做好本职工作似的。

小懒：……有道理。

小白：我要收拾东西了，你俩回去吧。工作呢，我慢慢找。你俩如果真想帮忙，问问有谁要租房，我次卧招租。

小懒：你妈不是说她有时间就过来住吗？你居然敢……

小白（不耐烦的）：你妈还说让你嫁个离家近的，不要春节回趟婆家机票动辄几千块钱，找个长得白的，别要那黑得跟块木炭似的，你听了吗？

木木（受到了伤害）：小懒，我们走！

小懒：……

❤ 莫羡不是故意的 ❤

情人节的晚上。

小懒从超市里出来，走至小区单元楼下，并未发觉身后有个鬼鬼祟祟的男人将邪恶的手，伸向了她的挎包。

说时迟，那时快，就在那个鬼鬼祟祟的男人即将把挎包的拉链拉开的时候，从他身后跳出另一个穿着军绿色风衣的男人，一脚将他踹趴下。混乱中好像有什么东西从鬼鬼祟祟的男人手中飞了出去，风衣男的斜挎背包也掉在地上，陆陆续续掉出些文件。

紧接着小懒听到了木木杀猪般的声音——

木木：你有毛病啊？

风衣男（一边跟木木扭打一边大声训斥）：你偷人家东西，还骂我有毛病？

木木：我跟我老婆逗着玩，有你屁事啊？

小懒：……

风衣男：逗着玩？别逗了，（掏出手机）我现在就报警，你明明偷偷摸摸地要从那位女士的包里偷东西，当我是傻子？

木木：哪条法律规定了老公跟老婆不能这么玩？

风衣男：老婆？现在骗术挺高明啊，你叫她三声老婆，你看她答应吗？贼眉鼠眼的，这位女士是瞎了，能看得上你？

小懒：……

风衣男：这位女士，来，请您给做个证，刚才我亲眼看到他要从您包里偷东西，要不是我下脚快……

小懒（好半天才明白发生了什么）：这位先生，呃，谢谢你……呃，（虽然一百个不想承认）他确实是我老公。

风衣男：？？？

小懒（对着木木咆哮）：我跟你说了多少次了？不许突然从我后面出现玩这种游戏，不许在家门外装黑社会使劲砸门，再这样，我就跟你离婚！

风衣男：现在我倒相信，你们是夫妻了……

木木：……

❤ 你好，莫羡同学 ❤

莫羡，就是那个风衣男，大家就是这样认识的。

小懒他们住的小区，距离木木任职的公司不过几千米，周边有很多门户网站的员工在此居住。所以当木木帮莫羡捡起掉在地上的背包和文件，发现自己和他居然在同一家公司工作，只不过不在同一个楼层时，也就不足为奇了。

后来，他们回想起小白和莫羡的故事，都相信这世界上，真的有“缘分”存在。就是在那天，小白晃晃悠悠吃完饭回来，遇见了“偷袭”小懒的“抢劫犯”木木和莫羡互相道歉，又意外得知莫羡在找住处。俩人认识还没几分钟，小白就干脆利落地带莫羡去看自己的房子了。隔天，莫羡便搬了进去，月租三千五百元——想当年小懒租房时，北京几大中介机构跑遍，半个月里以每天三套的频率看房，不知道多纠结。

这是后话。

那晚回到家——

小懒：莫羡下脚太轻了，就应该踢得你几天下不来床，让你好好长点记性。你鬼鬼祟祟拉开我的包想干啥？

木木：今天不是情人节吗？我买了根羊棒骨想偷偷塞你包里，想着到家时，就可以变魔术从你包里变出来，哪知道这个多管闲事的莫羡突然出来……

小懒：看在羊棒骨的分上，原谅你好了。羊棒骨呢？

木木：莫羡踹我的时候，飞出去被流浪狗叼走了。

小懒：莫羡，你赔我羊棒骨！！！害得我情人节连羊棒骨都没吃上，不可能是什么好人。我这就去跟小白讲，不能把房子租给他！

木木：……

❤ 小白开店 ❤

而比起合租的雷厉风行，小白和莫羡更雷厉风行的事还在后头。

那是在莫羡搬过来一周后，小懒路过楼下的商铺，之前关门招租的一家快餐店赫然在装修，两个工人正把“去吃麻辣烫吧”的招牌挂在门上。那工人中的一个，正是……小白，另一个，是莫羡。

小懒：小白，你这是？

小白（满意地打量着招牌）：我在挂店名啊。不错吧？朋友们准备聚餐，问，去哪里吃啊？去吃麻辣烫吧。大家回答，好啊好啊，去哪家？去吃麻辣烫啊……

莫羡：小白取的这个名字，我觉得特别好，当时就定下来了。

小白（点头）：而且我没想到，你也不喜欢涮猪脑！

小懒（这个不是重点吧）：你们俩做这个决定用了多久？

小白：确实久了点……主要是我们出现了比较大的分歧。

莫羡：是的，我们之前打算去成都串串香店里拜师学艺。

小白：只能去一个人，剩下的那个得留在店里装修……谁去成都、谁留在这里，特别纠结。没想到之前的老板娘听说我们接盘，愿意免费教我们。所以……

小懒（默念，不评价他人，不给建议，懂得界限，沉默是金）：祝你们生意兴隆！

莫羡 & 小白（异口同声）：办卡不？充一千送两百！充两千送五百！

小懒：……呃，不了。

小白：充一千送三百！不能再多了。

莫羡：凭什么？我不同意！不能因为她是你亲戚，就胡乱送，否则迟早关门大吉。

小白：我姐能吃，又健忘，还爱占小便宜，她哪次不是充了会员卡之后，吃上几顿，然后就忘记了？咱们稳赚不赔。

小懒：？？？

··············一年后的分界线··············

❤ 拒绝的理由 ❤

没错，一年前，莫羡和小白就是这么认识，并且一起开店的。

最开始大家就觉得他俩有戏，起哄起了快一年，人家俩一点儿要在一起的意思都没有。大家好不容易相信俩人是真的对不上眼，偏偏小白跟人告白了，还被拒绝得如此惨烈。

小白的麻辣烫店，包间内。

餐桌上的鸳鸯锅旁边，鸭肠、鹌鹑蛋、火腿、鱼丸、大虾……摆了满桌。

丢丢（边吃边说）：也难为了小白。合伙开店，表白被拒，这店，还得继续开，两人天天低头不见抬头见的。

阿橙：万一他俩关系恶化，有可能关店，咱们会员卡里还有六百多块呢。丢丢，我们要不要今天把卡退了？

小懒：不要这么现实好吗，能不能多关心关心我们家小白？

木木（偷偷捅了一下小懒）：咱家的卡，还有一千二。

小懒：……一会儿结账时就全退了吧。

阿橙 & 丢丢：……

小白走了进来。

小白（坐在了木木旁边空着的座位上）：在聊我吗？姐夫，要不然你帮我去跟莫羡交交心，套套他的话。他到底为什么不能接受我？我长得丑吗？身材不好吗？

众人摇头。

小白：我的性格不好吗？

众人点头，又使劲摇头。

小白：我俩很般配吧？

众人摇头，又点点头。

小白：我就是想不明白，他给的理由，完全说服不了我。

小懒：呃，也可能对方不想直说，怕伤和气。

阿橙：也不见得，没准他就是单纯觉得你长得丑。

小白：？？？

阿橙：小白，你别生气，我的意思是说，每个人的审美不一样，跟狗觉得屎香是一个道理。

众人：……

小白：我跟你们说，这里面肯定有难言之隐，就像影视剧里那样，主人公只要解开了隐情，男女主角就能排除万难走到一起。

小懒：呃，小白，爱情不是影视剧，你要知道……

小白（打断）：我不管，反正你让姐夫去找莫羡谈，问不出个真正的结果来，还有你——阿橙，会员卡里的钱别想退。

阿橙 & 木木：……

❤ 你赶紧回家吧 ❤

那时小群还在读幼儿园，约好去多多家里玩。

多多：阿姨，我要搭一个乐高幽灵，很可怕的。

小懒（迅速入戏，做惊吓状）：真的啊，那我会吓哭的，然后就赖在你家，不走了。

多多（愣了一下，匆匆把自己的乐高拆了）：阿姨，现在不那么可怕了，你还是回家吧。

小懒：……

❤ 男人睡不着觉和女人睡不着觉的区别 ❤

深夜，小懒失眠，把木木叫醒。

小懒：木木，我睡不着，跟我说说话。

木木：哎呀，你数数。

小懒：我都数到七千多了，还是睡不着。要不然你给我讲个故事吧？

木木：我困。

小懒：那你跟我聊聊你公司的事吧。那谁，后来跟男朋友和好了吗？还有那谁，买房了没？张 ×× 考上研究生了吗？

木木（迷迷糊糊）：和好了……买房？没……考上了。

……

过几天，木木失眠，把小懒叫醒。

木木：小懒，我睡不着，跟我说说话。

小懒：你睡不着关我屁事啊。我要睡觉。

木木：……你跟我说说话。

小懒：滚！

木木：……

❤ 生个弟弟吧 ❤

在小阔出生前，小群一直希望自己有个弟弟或者妹妹。

小群：妈妈，你给我生个弟弟吧，我陪弟弟玩，你陪我玩。

小懒：好吧，宝贝，你都会陪弟弟干什么呀？

小群：我能哄弟弟睡觉啊。

小懒：好吧，（学小孩奶声奶气地讲话）小群，我现在就是你的弟弟哦。小群哥哥，小群哥哥，哄我睡觉嘛！

小群（安静了三秒后）：妈妈，你这是什么毛病啊？

小懒：……

❤ 小金条 ❤

木木的大学同学费费听说情人节木木居然送了根烤羊棒骨给小懒做礼物，非常羡慕小懒。

费费：羊棒骨也挺好的，总比我们家陈老西每年雷打不动送我一根小金条强吧？

小懒（两眼冒光）：小金条？

费费：别激动，才四十克。

木木：不能小瞧这四十克，你们结婚十年，那就是四百克，而且将来万一有战乱，乱世黄金盛世玉，你逃难时方便换东西啊。小懒你要是愿意，不如我也……

费费：打住打住！小懒，千万别要这个。我是昏了头，陈老西当年跟我求婚，说如果你同意嫁给我，我以后每年都送你小金条。我一时糊涂就答应了他。结果呢？

陈老西：有什么不好吗？

费费：当然有了，我每年情人节都过得没有任何惊喜和情趣，反正就是一根小金条。他呢，更容易，也用不着为买礼物绞尽脑汁。我怀疑他买了很多根小金条存在什么地儿了，到了节日的时候，就顺手拿出来一根甩给我。结婚纪念日是，情人节是，我生日也是。

陈老西（沉默）：……

木木：你不会真的买了很多根小金条吧？

陈老西：是的，锁办公室抽屉里了……

小懒 & 费费 & 木木：……

❤ 我想和你结婚 ❤

小群读了一家新教育幼儿园，比起传统的公立幼儿园，这家幼儿园更注重儿童完整人格的培养。

幼儿园的户外操场。

小懒和小白待在沙池旁边，看着玩得很开心的小朋友，一边等待一边聊天。

小群忠实的队员小睿哭哭啼啼地跑到值班老师杨老师身边，伤心到哽咽。

杨老师抱着小睿。

小睿（上气不接下气）：老师，我……喜欢朵拉，想跟她结婚。可是她不喜欢我……呜呜呜呜……老师你去说说她。

杨老师：被拒绝了，一定很难过吧？你想哭就哭一会儿，老师陪着你。

小睿的头伏在老师的肩膀上，哭了好一会儿，哭声渐渐变小，直至停止。

杨老师：小睿，老师想说，喜欢是两个人的事情，你喜欢她，她不喜欢你，请你重新选择。

小睿似懂非懂地点点头。

小懒（目睹了整个过程，看着小白）：良好的恋爱观要从娃娃抓起啊！

小白：这家幼儿园还招生吗？我也想上。不过，刚才老师的答案也实在太轻率了，那么快就重新选择，不努努力怎么知道对方不会感动呢？万一人家考验你呢？

小懒：可是感动，不是爱情啊。你被幼儿园淘汰了，请重新选择幼儿园！

小白：……

❤ 带个胖群回来 ❤

木木首次独自带小群回海南，在回奶奶家玩沙、吃各种好吃的还能逃课的诱惑下，他痛快地答应了，但跟小懒分离时红着眼圈，极不舍。

小懒（揉揉他的脑瓜）：你要给妈妈带杧果蘸酱油回来，还要带一个胖群回来哦。

小群（眼泪瞬间决堤，边哭边说）：可是妈妈，我去哪里找女人，生个胖群出来啊？

小懒（确实是个问题，难为我儿哭得如此伤心）：……

❤ 陈老西的告白 ❤

小白告白被拒，每天神经都有点不正常。

费费主动在“购物小分队”群里分享她老公陈老西当年的告白。

费费：有次我去学校找他，刚好他在批卷子。

小懒：然后呢？不会是找了自己的学生整什么“快闪”热舞啥的跟你告白吧？听上去很浪漫啊。

费费：那倒没有。

小白：然后呢？你主动告白，然后他也拒绝了你？如果不是这样你就别讲了，否则根本抚慰不了我受伤的心灵。

费费：谁说要抚慰你受伤的心灵了？我就是想起来，随便说说。

小白：……

费费：我从小就特别害怕老师，见到老师跟老鼠见了猫似的。所以看到陈老西在那里改卷子，就觉得很神奇，那时我们只是对彼此有好感，但还没有挑明。我就跟他分享了小时候因为考试不及格，老被老师叫家长训斥的故事……

小白：然后呢？

小懒：总不会陈老西就开始辅导你，给你上课了吧？

费费：没有。他只是把手里的红笔给我，问我愿不愿意随便在卷子上打分，让我看心情，随便打多少分都行！

小懒：啊？

费费：我也震惊了，问他，真的？他说是。

小白：后来呢？

费费：后来我就拿过笔，五分！十分！十七分！太爽了哈哈哈哈！

小懒：……这，虽然听上去很过瘾，可，身为老师，也太不敬业了吧？

费费：感觉自己像是造物主，所有学生的命运就在我手里，我正撒欢地打着分呢，大笔一挥，四十六！再大笔一挥，五十九！结果陈老西说，咱俩在一起吧，这样你每天都可以这样过瘾！

小懒：……

小白：……

费费：后来我才知道，那就是普通的小测试，事后他还特意给学生们买了一堆零食，向大家道歉，说是为了追求师母，不得已而为之。学生们比自己找到对象还高兴，在课堂上起哄了好一阵……

小懒：所以你当时就答应了吗?

费费：当然啊！那个诱惑力实在太大了，我完全没有抵抗力啊！

小懒 & 小白：……

❤ 你，爱我吗 ❤

木木下班回到家。

小懒正穿着新买的衣服，甚至还化了个精致的妆，在镜子面前搔首弄姿。

小懒：木木，你觉得我瘦点了没?

木木（沉默）：……

小懒：你觉得我气色怎么样?

木木（沉默）：……

小懒（未曾察觉，继续发问）：你觉得我穿这件衣服好看吗?

木木（继续沉默）：……

小懒：你爱我吗?

木木（依然沉默）：……

小懒：今天上班的时候有没有想我?

木木（果断沉默）：……

小懒（终于爆发）：你哑巴啊，我问了这么多话，你就不能回一个?

木木：回倒是可以的，我只是在思考……

小懒：思考什么?

木木：我在想，能不能在我的脑袋里安装一个程序，在里面针对你对我说的话设置关键词，比如说——你爱我吗？我瘦了吗？新衣服好看不好看？有没有想我……然后，只要你问出我设置的这些话，就会有声音从我的身体内直接发送到你的耳朵里，省得我开口了。

小懒：……

木木：反正你问来问去，也不过是这几个问题。

小懒：……

木木：如果我设置出来，哇，不知道多少男人因此而获利，哇，不知道要节省多少本来可以玩游戏的时间。哇，老婆，咱们家会不会发财了？

小懒：……

❤ 莫羡的隐情 ❤

小懒家的客厅。

丢丢、阿橙、小懒、小白在看电视剧，桌上摆着麻辣小龙虾。四人边看边吃。

木木衣衫不整地从隔壁回来。

小懒（拿过满满的一盒剥好的只剩下头部和钳子的小龙虾递过去）：来，吃！你这衣服怎么回事？

木木：跟莫羡打了一架，（翻看小龙虾）不是吧，我不是让你给我留一盒吗？

小懒：这是一盒啊！

小白（迅速地剥好一只小龙虾）：来来来，姐夫，我给你剥！所以你是以武力赢了莫羡，逼他说出的实话？

木木：一半一半吧。

小懒：一半一半是什么意思？

木木（一边吃小龙虾，一边含混不清的）：就是打得筋疲力尽，我又威胁他说，如果不说实话，我就登录他的游戏账号，组队的时候反复逃跑，再用我自己的账号举报他，直到他被封号为止。然后他就招了。

丢丢：……所以，他到底怎么说？

木木（回想）：他说……

以下根据木木转述莫羡本人的亲身经历整理而成，绝无半点夸张。

❤ 莫羡的“告白未遂”❤

莫羡发育晚，读大学时才情窦初开。当时好不容易确认自己喜欢上了隔壁班的喜欢穿碎花裙的姑娘，却一直没有勇气告白。莫羡的室友，一个名叫“二坨”的兄弟看不下去了，他跟话剧团的兄弟姐妹们一说，策划了一个告白计划，叫上十几个人准备模仿国外的快闪，帮莫羡呐喊助威。

首先，有个女生说通了姑娘宿舍的室友，拖着姑娘在学校门口的过街天桥口那里耗着。等莫羡从过街天桥对面的花店买玫瑰回来，慢慢地从过街天桥上的台阶走下来，深情款款之际，二坨会给个手势，剧团成员一起唱蔡依林的《说爱你》——

我的世界变得奇妙

更难以言喻

还以为是从天而降的梦境

直到确定手的温度

来自你心里

这一刻我终于勇敢说爱你

……

唱到“这一刻我终于勇敢说爱你”的时候，歌声停，莫羡告白。

很浪漫的告白是不是？

但——

前面进行得很顺利，校门口本就人多，场面足够壮观了。

偏偏莫羡那里出了些差错。

他买花很顺利，从过街天桥那一头走到这一头时，也还算顺利。

但就在他准备从台阶上，一步步走向姑娘时，有个哥们儿拎着两个行李袋撞了他一下，他脚下打滑，连人带花一屁股摔在坡道上，跟滑滑梯似的，整个人横着滑到姑娘脚下。

小懒 & 丢丢 & 阿橙 & 小白：……

❤ 妈妈，你也给我生一个这样的弟弟吧 ❤

小懒带小群去楼下的商店买东西。

店主有个八九岁的女儿看到小群十分喜欢，一会拉拉手，一会把自己的玩具跟小群分享，还偷偷跑去跟妈妈说：“这个小弟弟大眼睛大耳朵，真可爱。”

她在妈妈怀里撒娇，拱来拱去：“妈妈，你也给我生一个这样的弟弟吧。”

小群听到后，十分不高兴，皱起眉头，噘着嘴。

回家的路上——

小群：妈妈，我不希望那个阿姨生我！

小懒：……

❤ 后来的后来 ❤

听了莫羡非常曲折的告白未遂的故事后，大家都非常兴奋。

试问对于女人来说，还有什么比知道了狗血八卦后居然天天和当事人见面更让人兴奋的事情呢。

唯独小白很快恢复了理智。

小白：后来呢？

木木：嗯，想听实话吗？

小白：对。

木木：你先把我们在你们麻辣烫店里办的会员卡退了。

小懒：……

阿橙：我也要退！

小白：……

木木：好了好了，看在小白这么心急的份上，我就直说了吧。后来，姑娘吓了一跳，像遇见神经病似的，拉着室友赶紧跑了。莫羡告白未遂……也没啥脸和心情重新筹划二次告白……当然这也不算什么，最倒霉的是，有好事者把他摔下来的整个经过发到了校园网上，他……一夜成名。

丢丢（快速按着手机，惊呼）：……哇，还真有这视频啊！

众人迅速围拢过来看视频。

连小白也忍不住看了好一会儿。

木木：……

小白：再后来呢？

木木：再后来的他，有些心理阴影，不再追姑娘了，都是等姑娘主动追求他。你别说，还真有人像小白一样瞎了眼看上他，玩命追求……

小白：滚！你才瞎了眼呢。说重点，他都答应了？

木木：嗯，他都试了试。但是每段恋情都没有超过一个月，就迅速分手了。

小懒（终于忍不住）：你能不能一气儿说完？赶紧的，说重点。

木木：咯咯，大概意思是，莫羡经历了一次告白未遂，以及三段说长不长、说短不短的恋情后，认为还是单身好。他认为，世界上没有什么，比单身更快乐了。

阿橙（打断）：这个我倒是能理解，我跟你们说！

丢丢（打了阿橙一记栗暴）：……

木木（无视）：比如，他现在一个月的工资，可以买最好的游戏配置，手机更新换代总是换最新款，旅行的话想去哪儿玩就去哪儿玩，空下来的时间想干吗就干吗。不会因为谈恋爱时间被占用，也不用因为谈恋爱而委屈自己……

小懒：我懂了，比起任何一个女人，他最爱他自己。

丢丢：呵呵，我也懂了，世界上就是有这种男人，追你的时候，说“亲爱的，我爱你，为了你，我做什么都可以”。结果呢？你让他不要玩游戏，他说不可以。

小白（不甘的）：我可以迁就他，他说想干吗就干吗啊。我自己也赚钱，不会因为跟他谈恋爱，就导致他消费降级……我……

木木：莫羡说可拉倒吧，就像丢丢说的，每次女生想要得到他时，总是这么说。口口声声说什么“为了你，我什么都愿意”。结果呢？还不是连他通宵玩个游戏都能吵得天翻地覆……

阿橙：太有道理了，莫羡是个天才，想得真明白。我怎么就……

丢丢：？？？

小懒：木木，你也这么想的？

木木 & 阿橙（异口同声）：没有没有，我们……

小懒：为了得到他？我怎么听着这么别扭呢。这不应该是我们女生说的话吗？有人追求，就傲娇成这个德行了？真把自己当根葱了，谁稀罕用他蘸酱？小白，三条腿的蛤蟆不好找，可两条腿的男人多的是！忘记他，姐姐这就发动所有亲朋好友，保证给你找个比莫羡好上百倍千倍的男人。

丢丢：就是！男性本贱。小白，听你姐的。我现在就给你联系！明天咱就去相亲！

小白：你什么意思？你凭什么这么说我喜欢的男生！你们必须跟莫羡道歉！

小懒 & 丢丢（吃里爬外的东西）：……

❤ 亲生的 ❤

炎炎夏日，何以解忧？

唯有雪糕。

小懒偷偷从冰箱里拿了根台湾的珍珠奶茶雪糕（强烈推荐这款，太太太好吃了），正想躲到书房偷吃（主要怕小懒妈妈唠叨），突然想起熊孩子小群。

他最近咳嗽，不能吃冷饮，先去侦察侦察他在干啥，省得突然看到小懒吃，闹着也要吃。

然后小懒推开儿童房的门，赫然发现，哎，熊孩子果然是亲生的。

他偷偷藏在门后。

当然。

当然。

当然。

也正在偷吃雪糕……

第 二 章

书上说，夫妻之间，要多夸对方的优点，要多肯定对方为家庭的付出和贡献，这是重要的爱的语言之一。

❤ 你好好减肥 ❤

胖子烦恼多。

女胖子烦恼尤其多。

一个不甘心自己成为女胖子的烦恼最最多。

木木：老婆，你好好减肥吧，每天锻炼身体，恢复以前的身材，你就能买很多漂亮衣服了。减肥贵在行动力，贵在坚持，加油！你可以的！

小懒：我已经行动起来了啊。

木木：啊，你开始减肥啦？快说说，都有哪些减肥行动？

小懒：我已经买了很多漂亮衣服，准备瘦下来的时候穿。

木木：……

❤ 木木要打击小懒的嚣张气焰 ❤

木木下班回到家，发现小懒拿着电吹风对着一个铁盆猛吹，不时变换各种角度——左吹、右吹、上吹、下吹！

走近一看，铁盆里，是一坨和好的面。

木木：呃……打扰一下啊，小懒同学，请问您这是……在做什么呢？

小懒：我在吹面啊。

木木（我有眼睛我当然看得到你在吹面）：……我的意思是，吹面是为了……干吗呢？

小懒（继续吹）：给面加热啊！

木木：为什么要……给面……加热呢？

小懒（气冲冲）：因为我想做馒头，放了酵母进去，想让面发起来。可是咱们家的暖气今天停了，物业打电话说要修理。你不会连这个都不知道吧？如果太冷的话，酵母无法发酵，面发不起来，馒头会很难吃哎。

木木（恍然大悟）：……噢噢噢噢，原来是这样。

小懒：所以我想到了一个好办法！用电吹风对着这坨面使劲吹！哈哈哈哈，这样就加热了对不对！我是不是很聪明？

木木：呃……

小懒（斜眼）：你是不是有什么想法？还是你有更好的办法？哼！你这个海南人，你们平时都很少吃面，一年到头吃大米，除夕夜连饺子都不吃，你能有什么好办法？我问你这个问题，简直是对自己智商的侮辱。好了好了，别耽误我干活了，等我把面吹得发酵了，一会儿你就可以吃到好吃的大馒头了。

木木（腹黑）：好！你可千万别侮辱自己的智商，你慢慢吹。

半个小时过去了。

一个小时过去了。

任凭小懒拿着电吹风对着这坨面三百六十度无死角循环吹，那坨面——还是那坨面，丝毫没有要发的意思。木木同学就拿着 iPad 在餐桌边玩三国杀游戏，一边玩，一边饶有兴味地看着小懒。

小懒（累得满头大汗）：不行了，太累了，我再也不要做馒头了。

木木（站起身）：看来，是我重出江湖的时刻了！

小懒（疑惑的）：你……你要做什么？你该不会是要告诉我，你来做馒头吧？哈哈哈，笑死人，我这个北方人都不会，你怎么可能做得出？

木木：废话少说。今天我就要打击一下你的嚣张气焰。

从小懒手里接过那盆半死不活的面后，木木同学又从橱柜里拿出一个更大的铁盆，倒入开水，然后把盛着面的小铁盆放入，盖上盖子。

半小时后，揭开盖子看，面……发酵成功！

小懒（目瞪口呆）：这这这……为什么我没想到！面啊面啊，你怎么对得起我！你你你……你为什么不早点告诉我？

木木（傲娇的）：你不是说，如果问我，就是在侮辱你的智商吗？我怎么能这样对你呢？

小懒：……你！

木木：以及，世界上还有比看着你刚才用电吹风吹面更好笑的事情吗？哈哈哈！

小懒：……

❤ 成语接龙 ❤

小群和木木玩成语接龙。

小群：爸爸，我先说。一分为二！

木木（并没有意识到自己的普通话不标准）：恶语相加！

小群：er？ e？

小懒：……

❤ 未婚和离异 ❤

那天木木讲完莫羡告白未遂的故事后没多久，莫羡、小白约大家去麻辣烫店的包间聚餐。

小白：既然大家都到齐了，那我俩就开门见山了。

莫羡：毕竟大家朋友一场，在座的各位还一直照顾我们的生意，所以商量来，商量去……

丢丢（得意的）：我就说吧，你俩在一起了！天天神神秘秘的，这下终于舍得说了？

小白欲言又止。

小懒（狐疑的）：该不会一步到位，想直接结婚吧？

莫羡欲言又止。

阿橙：难道你们是要卷走我们的会员费逃跑？

木木：不可能，真要那样，还通知我们干什么？

阿橙：也对。哦，我知道了，你们已经把钱败光了，索性破罐子破摔，直接告诉我们还不上了？这可不行！我告诉你们，我的钱可不是大风刮来的。

木木：那得先退我们的，我们的一千二，他们的才六百多。

小懒（冲木木投过去赞赏的目光）：老公，你好样的，你说出了我想说却又不好意思说的话。

阿橙：丢丢，你就不能像小懒表扬木木那样，顺带着表扬我一下吗？

丢丢：滚！这个不是重点，让他俩说清楚到底咋了，这么隆重地把大家都叫来。

木木（突然洞悉一切的目光）：你们是不是已经登记结婚了？

小懒 & 丢丢 & 阿橙（异口同声）：不可能！

小懒：木木，这事不能开玩笑。

小白和莫羡的表情很是迟疑。

木木（警觉）：……该不会是结了婚，又迅速离了吧？

阿橙（寻思了一会儿）：这么说，也不是不可能。

小白（终于忍不住）：好了好了，我招了，被姐夫说中了，我俩刚离完婚。

众人：啥？？？？

小懒（突然意识到小白没开玩笑）：你们啥时候结的婚？为什么又离了婚？你妈知道吗？

小白沉默。

小懒：所以，你在没告诉任何家人的情况下，不但有了老公，还有了前夫？

木木：到底怎么回事？

莫羡：我说吧。就是我们决定在一起试试。小白说，“你敢不敢干脆跟我结个婚？如果合适，你我不吃亏。如果不合适，那就离婚。”以前大家嘲笑我们，说我们是大龄剩男剩女，现在我们不是了，我们是大龄单身离异男女青年。没想到吧，我们不但结过婚，还离过婚了。所以，从这个角度说，是不是不论结婚、离婚，都稳赢？

众人：？？？

莫羡：尤其将来我妈问起我来，我也好回答，你看，我就说婚姻不适合我吧，我试过了啊！

小懒：所以你们就在我们眼皮底下，没跟任何人商量，闪婚又闪离了？

小白：怎么叫没跟任何人商量呢？我们俩商量过了啊，我俩一致认为不论是结婚还是离婚，相比我们不在一起，都是利大于弊，还需要商量什么？

众人（跪了）：……

木木：所以今天，我们其实吃的是你们的离婚散伙饭？

莫羡：没有没有，散感情不散买卖……麻辣烫店还是正常开的。

小白：对对对，所以大家不用担心会员卡的事情。

众人（对不起，代沟太大，都是我们的错）：……

❤ 解压 ❤

小白的事情，一度让小懒非常烦躁、焦虑。

小懒（对正在沙发上玩游戏的木木）：木木，你过来一下。

木木（头也不抬）：干吗?

小懒：过来让我喜欢一下、缠绵一下，缓解一下不安的心情。

木木：我不要!

小懒：你再说一遍!

木木：哎，你也真是的。你就不能随便骂骂我吗？为什么非要喜欢一下、缠绵一下？骂骂我，你同样可以解压、缓解不安的心情啊。

小懒（人性本贱）：……

❤ 妈妈别躲起来 ❤

那时小群才三岁。

某天，小群吃完了定量水果，不能再继续吃水果了。

而小懒也忙完家务，怕小群缠着要吃，于是躲到厨房偷偷吃自己的水果。

苹果!

杧果!

莲雾!

百香果!

火龙果!

……

小群听到水龙头响，警惕地噔噔噔跑到厨房，吓得小懒急忙把水果藏在身后，迅速往卧室跑。

小群见状大喊：妈妈，给我也吃一个吧。

见小懒不为所动，继续往前跑，小群急了，大哭道：妈妈别躲起来，妈妈别自己吃!

木木（目睹了这一过程）：我到底有个什么老婆，什么儿子……

❤ 对婚姻的要求 ❤

小白和莫羡就这样闪婚又闪离了。

大家闲坐聊天。

丢丢：以前看段子，说当 80 后还在不断地相亲再相亲时，90 后却已经离完第一次婚了。我一直以为是记者胡编乱造的，没想到今天见到正主儿了。

小懒：我可不敢跟我婶婶说这个，这个烂摊子，还是让小白自己收拾吧。

木木：谁说是烂摊子，我倒觉得对小白来说，不是坏事情。

阿橙：对啊，啧啧，我真羡慕这两个人，行动派，说什么就干什么。开麻辣烫店是，结婚、离婚也是，我怎么就没这个魄力。

丢丢：你想做什么？也开麻辣烫店，还是跟我离婚？

阿橙：肤浅！我怎么可能跟他们两个人似的呢，那不能够。先合伙开麻辣烫店，又结婚、离婚，整天吵来吵去的，太不负责了。

丢丢：是吗？

阿橙：对，换我，我一定先离婚，再去开麻辣烫店！

丢丢：你给我站住！有本事你别跑！

木木（望着阿橙跑远的身影）：说正经的，他俩很酷啊。离婚有什么不好呢？说明人家对爱情对婚姻有着更高的要求，是不是小懒？

小懒：是啊，因为我对爱情对婚姻的要求太低了，所以我才选了你，忍着你到现在。

木木：……

❤ 无聊的女人 ❤

吃过晚饭，小懒一家去散步。

小群在前面踢着足球跑。

小懒和木木牵手走着，小懒单手握着木木的食指。实在无聊——

小懒：都说男儿有泪不轻弹，如果我使劲把你的手指头撅折了，你会不会哭?

木木（你到底是有多无聊）：……

小懒：说话呀！你是强忍住不哭，是大声叫，还是像刘德华唱的那样“男人哭吧哭吧，不是罪”？

木木：我不会哭。

小懒：啊，这么坚强。你确定？我可使劲了！

木木：是的，我确认我不会哭，我还确认，你会哭（摩拳擦掌）。

小懒：……

❤ 等我玩腻了，我就送给你 ❤

小群去阿橙家里找多多玩。

多多发现小群一直在玩一台挖掘机。

多多：小群，你很喜欢这个挖掘机，是吗?

小群：是的。

多多：等我玩腻了，我就送给你！

小群（不敢相信的）：现在吗?

多多：等我上大学了吧！

小群：……

❤ 十二年 ❤

某天，小懒想知道结婚十二周年是什么婚。

纸婚、布婚、皮婚、铜婚、陶婚……什么的，网上的说法不一，但搜索框弹出的第一行却是——

“结婚十二年，没有了激情怎么办？”

小懒：这某度太讨厌，我刚才本来只是好奇，想知道结婚十二年，属于什么婚。但现在它把我的好奇升级了，结婚十二年后没有了激情怎么办？

木木（瞥了一眼小懒，继续玩游戏）：你为什么要看着我？我又不知道。

小懒（生气）：……

木木（良心发现）：女人沉默的时候，一般是生气了对吧？你是……想让我反驳你，说放心吧，亲爱的，咱们俩会一直有激情？

小懒（哼，还是生气）：……

木木（眯着眼，思索中）：噢，我知道了。你是想让我跟你一起骂某度？

小懒（不跟直男一般见识）：某度当然是要骂的，但我更想让你做点什么，以证明我们现在有激情。

木木（恍然大悟）：噢，原来是这个。啊！老婆！我们结婚这么多年，我一直有激情呀！难道……难道你觉得我们没有激情了？天哪天哪，女人太可怕了，我以为你跟我的想法一样呢。还是说，你看上了哪个小鲜肉？

小懒：我不喜欢小鲜肉，只喜欢大叔。

木木：我得重新审视你了，我这么鲜嫩，你却说自己喜欢大叔，我受伤了。

小懒（忍无可忍）：滚！

❤ 想过离婚吗 ❤

小懒和木木结婚纪念日邀请了最好的朋友们，在小白和莫羡的麻辣烫店的包间吃饭。

酒过三巡。

小白：话说，小懒姐，你俩结婚这么多年，有没有那么一天，不，一个小时，哪怕一分钟，几秒，特别想离婚?

小懒：你应该问我，有没有哪怕一天，不想和木木离婚。

木木：……

阿橙：我一天怎么着也至少有十几次想离婚吧！如果赶上丢丢来大姨妈，可能得一百多次。

丢丢：……

木木：小白，这大纪念日的，你不能因为自己离了婚，就天天盼着别人也离婚吧!

小白：谁说我离婚了？我俩就是签了个离婚协议书，还没……（发现自己说漏嘴）……

小懒：什么意思？你到底什么情况?

小白：唉，那我就实话实说招了吧。其实我跟莫羡，确实登记结婚了。然后一个多月后，也确实过不下去，打算离的……协议书都签好了，但偶然看到小懒姐和木木姐夫甜蜜的那一刻，突然间犹豫了。

小懒：我们还有甜蜜的时刻?

木木（谄媚的）：小懒，你每次骂我时，我都觉得特别甜蜜。

阿橙：我呸，过了啊!

小懒：为什么上次见面你们说已经离完了?

木木：你们该不会是想当人类行为观察学家，观察我们对你们结婚、离婚的反应吧?

丢丢：……木木，我发现你越来越毒舌了。

小白：嘻嘻嘻，不是，姐，你别生气。我们就是想测验一下。

小懒：……测验什么?

小白：试想，如果我们这样闪婚、闪离，你们都能接受，那么将来我们俩的父母估计也都能承受。

阿橙：那可不见得，我又不是你爹，你又不是我闺女，跟你非亲非故的，谈什么能不能承受。你离个百八十次的婚，我都没意见。

小懒（暴打阿橙的头）：你是不是想死你是不是想死？！

丢丢：阿橙，怎么说话呢？

木木：越说我越晕了。

小白：我没表达清楚，抱歉。重新组织下语言……我是觉得我俩虽然生理上到了该谈婚论嫁的年龄，但心理上似乎还差得远呢。关于婚姻，有太多不明白的事情了，可这个，老师、父母都没教过……所以就想，是不是真的太冲动了？

莫羡：之前的离婚宴，你们就当是一场恶作剧吧。

丢丢：我越听越晕……到底什么意思？

小白：我们先签了个离婚协议书，约定再给彼此一个月的时间。这一个月，本来是想双方冷静冷静，再做最后的决定。但上次签了离婚协议书后，我们有新的想法了，我们想请婚姻比较稳定的夫妻，回答我们十个关于婚姻的疑问。得到所有答案后，再重新考虑，做出决定。

小懒：我没听错吧，你俩过家家似的开麻辣烫店，又过家家似的结婚，接着过家家似的准备离婚？

木木（关键问题）：距离你们俩考虑的时间还有多少天？

小白：还剩下十几天……

丢丢（讽刺）：哇，还有这么多天呢！来得及，来得及！（轻唱）来啊，快活啊，反正有大把时光……

木木：……

小懒（深深了解小白，迅速恢复冷静）：这样，我把赵老师和周老师也叫上。他们两口子，是我认识的夫妻中，婚姻生活经营得最有智慧的一对。我们三对夫妻，平均每天回答你们一到两个问题，然后你们再做最后的决定。

木木：为什么不一下子全部回答完？

小懒：两个原因。第一，不同的夫妻，因学历不同、阅历不同、成长的家庭环境不同，对婚姻生活有着不同的认知、相处模式和经营方式。第二，他俩的脑袋承载量有限，得需要一定的时间消化。

小白 & 莫羡：就这么愉快地决定了。

小白：对，反正最坏的打算，就是十几天后我俩离婚，双方父母知道了，我俩至少有很长一段时间不能过平静日子。好的打算，就是我们不离婚了。

阿橙（没有信心）：我不同意啊，不许来问我，也不许问丢丢。本来我跟丢丢的婚姻就不是太坚固，哪经得起他俩的轰炸。万一我们被他们策反了怎么办？人家没咋地，咱们前仆后继地离婚了。

众人：……

❤ 体重秤对男人太宽容 ❤

最近大吃大喝，小懒鼓起十万分勇气站到体重秤上，面如死灰地下来。

木木（看到后也跳上去称，接着得意地高呼）：哈哈，一斤都没长！

小懒（生气）：……

木木（安慰）：老婆你别沮丧，我的不一定准。

小懒：哼，你口是心非！

木木：也许是你称完之后秤坏了呢！！

小懒：……

❤ 关于定力 ❤

小群和小懒在肯德基吃饭，点了吮指原味鸡和咖喱鸡饭套餐。

小懒辛辛苦苦节食加运动减了七斤体重，在咽了几次口水后——

小懒：我觉得我的定力真不错。

小群：什么是定力？

小懒：定力就是面对诱惑时，你的坚持和控制力。比如我想减肥，那么看到好吃的我虽然很馋，但我忍住了不吃，这就是定力。

小群（马上心领神会）：妈妈，多多定力就不行。

小懒：是吗，为啥这么说?

小群（有板有眼）：在幼儿园，我跟多多说，咱们瞒着老师，逃课吧。他应该说，不行，不能逃课，我们必须去上课。可是他定力不行，马上就跟着我逃课了。

小懒（熊孩子你是不是暴露了什么）：……

❤ 女作家的日常 ❤

木木在看电视。

小懒在电脑前，一边写稿一边自言自语。

小懒：我正式向我自己承诺，今晚写完长篇小说最后一章的剩余五千字，明天就叫四斤我最喜欢吃的麻辣小龙虾犒劳一下自己!

木木（突然插嘴）：如果没写完呢?

小懒（勉为其难）：如果没写完，那就……那就……叫两斤好了。

木木：……

❤ 金牛座的孩子很担心 ❤

多多来小群家里玩，小群把玩具柜里的汽车、火车、飞船……一股脑儿倒出来。

多多：这个多少钱?

小群：八亿!

多多：啊，这么贵啊?唉，可惜，我家里，我爸妈的存款加一起，只有两亿。

小懒（惊愕的）：两……亿吗?谁告诉你的?

多多（郑重地点点头）：对的，我爸妈给我看了家里的存折。

木木：丢丢和阿橙这么厉害吗？你姥姥姥爷家是不是有矿？

多多：我不知道啊。

小群：两亿很多吗？但我的车，还是要卖八亿。

觉得自己非常非常穷的小懒和木木迅速打开了微信群。

小懒：丢丢！丢丢！

木木：阿橙！阿橙！阿橙！

丢丢：咋了？

阿橙：？

小懒：我听多多说，你家有两亿存款？

丢丢：啥？两亿？我要真有两亿，我住这个小区？能跟你俩交朋友？

小懒：你啥意思！过分了啊！

阿橙：呃……那个……在多多的心里，他是这么认为的。

木木：啥情况？

阿橙：多多对钱特别敏感。金牛座的孩子就是烦，每天缠着我问家里有多少钱。他老担心家里钱不够花。不愿意穿新衣服，也不愿意买新鞋子，连作业本他都舍不得买，用橡皮擦了重新写，勤俭节约得有点过分……

小懒：然后你就告诉他，你们家有两个亿？

阿橙：对啊，他不相信。我只好自制了一个存折本……

丢丢：我说最近多多咋突然放开了呢，啥都让买了。

木木：唉，我还以为你家真的有两亿呢。

小懒瞅了瞅窗外，不知何时小群和多多跑到了楼下，一群小朋友在说说笑笑。

小懒：现在，可能全小区的小朋友都知道你家有两亿了。估计晚点熊孩子们回到家，全小区的邻居都知道你家有两亿了。

丢丢：不行，我得跟多多谈谈。有你这么信口开河的吗？

阿橙：我这不是没办法嘛。

晚上，丢丢发来一段视频。

小懒点开，多多坐在儿童房的椅子上，哭得上气不接下气。

多多：我们家只有五万块钱？

丢丢（忍住笑）：是啊，之前是爸爸吹牛，你没看到那个存折很假吗？银行里的存折不是这样的。

多多：呜呜呜呜……原来我们家不是有钱人，呜呜呜呜……（哭得哽咽）我……我……太难过了。我以后……我以后不要新衣服，也不要玩具了……

小群(看着自己的兄弟哭得如此伤心,困惑的)：妈妈,咱们家,有多少钱呢?

小懒：呃……咱们家，节省一些，供你和小阔读大学是没问题的。

小群：那到底是多少钱嘛。

木木（简单粗暴）：大人的事，小孩少打听。

小群：哼。

反思。

所以,当小孩刨根问底地不断追问家里有多少钱时,到底说多少比较好呢?

❤ 费费讲故事 ❤

费费给女儿小树讲故事。

费费：妞呀，今天妈妈给你讲故事——《小蝌蚪找妈妈》。

小树：咿呀……

陈老西：这个故事不好！

费费：为啥？

陈老西：首先，这个故事不科学！从生物学角度说，癞蛤蟆和青蛙的幼仔都是蝌蚪，只有成形后才能区分，所以小蝌蚪的妈妈不一定是青蛙，也可能是癞蛤蟆。其次，青蛙怎么能随便认这些蝌蚪当孩子？只有人贩子才会随便认小孩。这种故事太不严谨了，会误导小朋友，影响小朋友的三观的。

费费：……

翌日，费费继续给小树讲故事——《小马过河》。

费费：小河边住着小马和马妈妈，河对面有个磨坊，有一天，马妈妈让小马帮忙送袋粮食去磨坊。小马驮着粮食跑到小桥边，看了下桥梁标示的承重，高高兴兴地过桥了！

陈老西（很惊异地看着费费）：……

费费：怎么样？科学吧！第一没有教导小朋友随便下水，第二告诉小朋友过桥不能超载！

陈老西：……

❤ 无聊的夫妻 ❤

小懒坐在沙发上，突然——

小懒：哎呀，我眼皮刚才跳了一下。

木木：哪只眼睛？

小懒：左眼！

木木（猛地站起来，抓住小懒的胳膊往外拖）：走，我们赶紧出去。

小懒：去哪儿？

木木：去楼下捡钱啊。

小懒：……捡什么钱？

木木：俗话说，左眼跳财右眼跳灾啊，你刚才不是左眼跳了吗？

小懒：你……认真的？

木木（一本正经）：对，万一呢！我要不拖着你去，你回头还得跟人抱怨，说就是我当了你的绊脚石，害你错过成为超级有钱人的机会。这个罪名我可不想担。

小懒：……无聊！

❤ 长生不老 ❤

小懒正在清洗人参。

小群（诧异地叫道）：人参啊，怎么吃呢？

小懒：泡酒吧，再加点枸杞。

小群（十分失望，撇着嘴）：妈妈，泡酒的话，我就没法吃了。小孩子不能喝酒的。

小懒有点没反应过来。

小群：妈妈，难道，你不想和我一起长生不老吗？

小懒：……

❤ 不要听心理学家的话 ❤

小懒在家里看书，刚好丢丢来串门。

丢丢一眼瞥见小懒放在桌上的关于男女关系的心理学的书，聊了几句。

丢丢（突然发问）：最近我和阿橙几乎都没啥交流，你看的书多，能不能给我点建议？

小懒（现学现卖，鼓励她试试）：这书上说了，夫妻之间，要多夸对方的优点，要多肯定对方为家庭的付出和贡献，这是重要的爱的语言之一。

丢丢似懂非懂。

晚上，小懒给丢丢家送水果，多多给开的门。

小懒赫然发现丢丢和阿橙正坐在客厅，用拖鞋互相打手心，见小懒进来，也没有停下的意思。

啪!

丢丢抓着拖鞋，给了阿橙重重一击。

啪!

阿橙毫不示弱紧紧抓着丢丢的手，反手就是一掌。

当时场面非常尴尬……

小懒想了又想,劝也不合适,继续看下去更不合适,赶紧从外面把门关上了。

不知过了多久。

丢丢终于发来微信。

丢丢：今天的事，都怪你。

小懒：怪我……从何说起……我让你和阿橙俩人闲得没事吃饱了撑的互相打对方手心了?

丢丢：我今天按照你教的，跟阿橙说，夫妻间要多夸对方的优点，能增进夫妻感情，咱俩轮流夸夸对方吧。

小懒：你起的头儿挺好的呀，没毛病。

丢丢：可是，你猜，阿橙说啥?

小懒：?

丢丢：他竟然说，没发现我有啥优点。

小懒：呃……

丢丢：我一听就怒了。哼，老娘跟你结婚这么多年，你觉得我没优点。我这暴脾气，当时我就生气地说，这样吧，要是找不到优点，就互相打手心!

小懒：呃，这，这不太合适……

丢丢：我老公当时就把手心摊在我面前，说，媳妇，我实在不知道，也找不出你有啥优点，你直接打我吧!

小懒：……

丢丢：他都把手送过来了，我能不打吗？我这暴脾气，我脱下拖鞋，上去就是一下，直接把他打蒙了。

小懒：……然后呢？

丢丢：阿橙没想到我真的会打他，怒了，拽过我的手，几乎用尽吃奶的力气打得我手心冒火，我都快疼哭了。他还一边打一边说，好啊，你竟然真打我！你也找不到我的优点是吧？来吧，互相伤害，谁怕谁！

小懒：……

丢丢：他！居然！还敢还手！我能咽下这口气吗？

小懒：……

丢丢：你说，这事，是不是怪你？

这天晚上，小懒在《写给儿子的一万条人生哲理书》中，郑重地写下了这样一句——

千万不要学心理学家给人家胡乱提建议。

❤ 木木很伤心 ❤

木木哄小群睡觉。

从讲睡前故事开始，小群听话地乖乖跟爸爸躺在床上，等讲完故事，木木说现在关灯，要睡觉了。

小群（突然腾地站起来，嗷嗷大叫）：我要妈妈！

木木（继续哄）：爸爸哄你睡觉啊。

小群（号啕大哭，声嘶力竭）：妈妈快来呀，我要妈妈！

木木很伤心，他觉得所谓亲情、父子情都是假的。

小群肯和他在一起，就是为了骗他讲故事。

❤ 没什么好招待你的 ❤

小懒外出办事，刚好路过一位医生朋友家，受邀临时小坐了一会儿。

没想到医生突然从抽屉里拿出个血糖仪。

医生（万分诚恳的）：我家水果、茶刚好都没了，也没什么好招待你的，我给你扎个指血，测个血糖吧?

小懒：？？？？？

❤ 那些年你错过的爱情 ❤

公园一角。

木木和小懒出来遛娃。

那时小群还不到五岁，一同出来玩的，邻居家的小女孩甜妞，慢慢凑过去，从背后抽出一朵盛开的小花。

甜妞：哥哥，送你。

小群（语气平淡）：谢谢，放那儿吧。

甜妞失望地把花放在地上。

甜妞（坐在滑梯上边看着下面）：哥哥，我怕。

小群：怕，你就别滑呀。

甜妞忽闪着大眼睛，手指紧抓着白色的蕾丝裙，终于有些生气，跑出去找别的小男孩玩了。

小群没有察觉，欢乐地从滑梯上滑下去。

目睹了整个事件经过的小懒非常痛心。

小懒：唉，记得当时年纪小……后知后觉地，咱儿子就这样错过了他的初恋。

木木：人家甜妞没准只是想找小群玩一会儿，你想太多了。我当初才是后知后觉错过了初恋。

小懒（迅速地闻到了八卦的味道）：快详细说说。

木木：上初中那会儿，同桌送了我一盒张学友的磁带，封面上张学友穿着白色衬衫，里面还夹了张字条，说喜欢男生穿白衬衫，最讨厌男生穿黑颜色的衣服。还说什么，如果有穿白衬衫的男孩向她告白，她就接受。

小懒：然后呢，你就穿上了白衬衫向她告白了？

木木：我要这么告白，哪儿还有你？我当时很生气，男生穿白衬衫哪里好看？这什么审美！明明穿黑衬衫更酷更有范儿好嘛。第二天我就特意穿了件黑衬衫去上学。当时还奇怪，同桌为啥莫名其妙哭了，还找老师调了桌，说是看不清黑板。我以为她近视了，叮嘱她好好保护视力……

小懒：随根儿啊，遗传啊……儿子，妈妈好担心你未来的爱情啊！

木木：……

第　三　章

距离小白和莫羡决定是否离婚，还有十天。

在麻辣烫店中，大家回答了他们的第一个问题——

在一起多久后，确定就是 ta 了呢？不惶惶不可终日，不疑神疑鬼，不见异思迁、另生异心？

❤ 小矮人过山车 ❤

木木、小懒、小群一家三口去迪士尼乐园玩。

从未玩过任何刺激性娱乐项目的小懒，这次答应跟小群玩七个小矮人过山车，简直是带着赴死的心。

哪承想，过山车开过来，工作人员说：俩人坐一排！

小懒还在暗暗给自己打气：加油，你可以的，不要怕！为了你的儿子，不要垮，挺住！来吧，拿出毕生的勇气！你的儿子需要你！

哪承想，小群瞥了一眼面色苍白的妈妈——

小群（果断的）：妈妈，我跟爸爸一组（迅速地跟爸爸坐在了一排）！

小懒（独自一人坐了一排，安全带已系上，从没有任何时候像此刻一样，孤独又绝望）：……

❤ 木木的心在滴血 ❤

小群跟木木玩大富翁游戏，满口答应晚上让爸爸哄睡。

等到输光了钱，要求再玩一局被拒后，小群就开始了例行的“一听跟爸爸睡就哭得肝肠寸断”时间。

小群：妈妈，我不明白，为什么你不能天天哄我睡？（鼻涕眼泪齐流）我只是想跟你多待一些时间，再多一些。

小懒：……

小群（嘴巴大张号啕着）：你跟我说为什么？！为什么？！为什么？！

小懒：……

小群（眼泪哗啦啦快连成线，哽哽咽咽）：我都哭成这样了，你不难过吗？

小懒：……

小群（眼中满含凄凉和绝望，泣不成声）：我要离家出走，我告诉你，不论你怎么挽留，我都不会留下来的，除非你哄我睡觉。

小懒：……

小群（说完了狠话又猛扑入小懒怀里）：妈妈，妈妈，你哄我睡吧，妈——妈——不要！不要！我不要跟爸爸睡！

木木：……

小群（趴在地上赖皮又心如死灰）：妈妈，你不要离开我。我求你都不行吗？我求你了，我求你了。

小懒：……

小群（哭得上气不接下气，语气充满决绝）：你说我不遵守约定，所以你们也不遵守吗？可以啊，每天半小时的动画片时间和周末的游戏约定我也不要了，只要你哄我睡……你比动画片和游戏重要多了，妈妈，妈妈，我保证，我可以不看的，我会遵守的。

小懒（望着已经拿出了这个年龄段所拥有的全部的小群，开始动摇）：……

小懒告诉自己要坚定，要遵守约定，要培养小朋友言出必行的好品质，心却在他如此排除万难的决心中，彻底碎成渣渣，溃不成军。

小懒：好吧，别哭了，我哄你睡。

话音刚落，适才还哭得肝肠寸断的小群，完全变成了另外一个样子，整个人从内到外，从上到下，喜气洋洋，小懒几乎可以听到他从心底发出的欢呼声。

木木（洗漱完毕，在床上等小朋友上床等了一个小时，心在滴血）：……

❤干啥啥不中的人❤

小懒爸爸退休了，每天在家里帮着小懒妈妈做做家务，打扫打扫卫生，但……后者并不买账。

小懒爸爸做饭，小懒妈妈嫌弃他米放得少。

择菜，嫌弃他择得不整齐。

拖地，嫌弃他拖得不干净。

哄孩子，嫌弃他唱歌难听。

换成别人，可能早就翻脸吵起来了。

但小懒爸爸不。

他非常擅长自嘲，且以此为乐。

多少次狂风暴雨之际，只要小懒爸爸说出那句“干啥啥不中的人”，他们就会迅速化干戈为玉帛。

举个例子——

小懒爸爸：你看看我今天买了啥！

小懒妈妈（很高冷）：啥？

小懒爸爸（邀功似的，兴冲冲的）：荠菜！中午包荠菜饺子吧。

小懒妈妈（拿过袋子翻拣着，泼冷水）：什么破荠菜，你也不好好挑挑，都是烂根儿的。吃饱了撑的没事干的人才买这种菜呢。

小懒爸爸：唉，我干啥啥不中的人，能买到什么好菜。

小懒妈妈：……

小懒：……

❤ 关于婚姻的第一个疑问 ❤

距离小白和莫羡决定是否离婚，还有十天。

在麻辣烫店中，大家回答了他们的第一个问题——

在一起多久后，确定就是 ta 了呢？不惶惶不可终日，不疑神疑鬼，不见异思迁、另生异心？

阿橙：我就说搞不好会被他俩策反，现在信了吧。从看到丢丢的第一眼，在一起后的第一秒，我就绝无二心，你们信吗？太假了。可我要说肯定动过歪心思，丢丢不打死我啊？

丢丢（冷冷的）：所以你想说什么？

阿橙：真想听？

木木（看热闹不嫌事大）：当然。阿橙，你就招了吧。

阿橙：那咱们先说好了，事关小白和莫羡的幸福，我不能说谎。但丢丢你不能因为我说了大实话，秋后算账。

丢丢：我不算账，你说。

阿橙：你发誓！

丢丢：有完没完？有话说，有屁放！

阿橙：好嘞！

小懒：阿橙，你真贱！

阿橙：谢谢夸奖，哪有你说的那么好。

木木：……

阿橙：好了好了，你们还记得我的前女友 Lily 吧？

小懒：我得提醒你，是追求未遂吧……你一直疯狂追求，人家可压根没答应你。

阿橙：……其实是前女友。我俩曾经好过一天，就一天。我知道你们觉得我肯定追不上她，所以没着急告诉你们，想着周末了约她来了再公布，吓你们一跳。

木木：过分！你居然连我都没说。为什么只好了一天？

阿橙：因为隔天我们公司来了个富二代，送了她个包，她就跟我分手了……我为了这个，还特意换了部门。

小懒：天啊，真的吗？

莫羡：后来呢？

阿橙：后来跟丢丢结婚的前一晚，我发了条朋友圈，说自己即将告别单身生活。结果就把她招来了……

丢丢：是吗？

阿橙：她还带着一条我曾经送给她的金项链。我那时一穷二白，要啥没啥，她答应我的时候我欣喜若狂，用两个月的工资，给她买的。还失去理智把自己都给感动了，说什么只要有这条项链在，不论发生什么，都要在一起……

小白：所以她拿着这条项链，是过来想跟你和好？

阿橙：我也以为是这样呢……

木木：结果呢？

阿橙：结果她说，富二代对她挺好的，用她的名字买的车买的房，她把项链还给我，就是想告诉我，不论怎么样，她也不会跟我和好的。

小懒：好神经一女的。

小白：就是，你要结婚，她跑来说这个。

丢丢：所以，你讲这个故事的用意是？

阿橙：丢丢，坦白讲，跟你在一起很久以后，每当你发脾气骂我的时候，我都会想，如果我遇到另外一个人，会不会更幸福？

丢丢：谢谢。结论呢？

阿橙：也许会吧，可能也不会。然后我又反过来想，如果这个问题问你呢？以你的暴脾气，如果遇到了更好的人，肯定早不管不顾跟我离了。这说明！！！这说明这么多年，我是你所遇到的人中最好的人。啊，我居然这么伟大这么好吗？天啊！

丢丢：……

小懒 & 木木：……

小白 & 莫羡：……

阿橙（陶醉的）：丢丢，你放心吧，我一定会一辈子都对你这么好的，我一定会成全你，保持这个纪录的！还有什么比得到你的肯定更让我骄傲的事情呢？

丢丢：滚！

小白：所以丢丢姐，你怎么看这个问题呢？

丢丢：既然阿橙这么坦诚，我也坦诚一下。

众人（好戏来了）：……

丢丢：小白、莫羡，你们之所以问这个问题，应该是你俩都曾经动摇过，怕对方变心辜负自己，也怕自己变心辜负对方，是这样吗？

小白 & 莫羡（频频点头）：是是是。

小白：电视剧里，女主角和男主角相爱时，哪个不是爱得死去活来的，不论发生什么他们都可以排除万难，最终 happy ending（大团圆结局）……

丢丢：所以你不能用影视剧里的爱情观来指导自己的恋爱，或者婚姻生活啊。其实阿橙想错了，我跟他在一起这么多年，不是因为他有多好，而是我看得通透。男人都一个臭德行，各有各的毛病。我是懒得折腾，换个人成本多高啊，搬家、分家、重新适应……阿橙最大的好，就在于他识商量、好驾驭。

阿橙：丢丢，你说话不要昧良心！我哪有！

丢丢：傻子，我在夸你，你听不出吗？

阿橙：真的吗？（回味了一下）好像是哎。我就说嘛，丢丢，我果然没有娶错你！

小白：呃……什么智商！什么脑回路！

丢丢：喀喀，实在不行，你就假装这个世界上，还有一个平行空间吧。比如晚上，那里有着你想象中的十全十美的男人，明星哪个红哪个帅，你喜欢哪个，你就跟哪个结婚。想啥时候换就啥时候换，成本低，又常保新鲜感，还不影响你现实中的生活。

阿橙（大叫）：我就知道你晚上叫着霍建华的名字，不是因为梦到他偷了你的钱！

丢丢：谁让你没看好多多，让他拿我的口红涂墙的？再说了，你喜欢蔡依林我说什么了？

小懒 & 木木：……

小白：呃，这个，算精神出轨吗？

莫羡：我觉得算。

丢丢：当然不算，这是现实婚姻遇到问题的避风港，人生这么苦，让自己在梦里头甜一甜怎么了？就是偶尔代入一下自己是韩剧的女主角，有什么不对吗？阿橙！

阿橙：那咱俩说好了，你只能一三五这样代入，其他晚上平行空间里的人，必须是我！

丢丢：你也必须得这样。

阿橙：行，就这么愉快地决定了。

众人（佩服）：……

❤ 为什么大人不好好工作 ❤

小懒去幼儿园接小朋友，早到了十几分钟，被多多抓住不放。

多多：小懒阿姨，你到底是做什么工作的？做项目的吗？

小懒：呃……

多多：你为什么每天这么早过来接小群？你老板知道吗？

小懒：……

多多：我觉得这样对你很！不！好！不踏实工作会让老板怎么想呢？

小懒（抓狂）：……

❤ 当老婆开始自我检讨 ❤

某一天小懒突然发现了自己在育儿上的一些问题，比如急躁，比如欠缺一定的包容和理解，于是大半夜的，躺在床上进行反思。

小懒：唉，我觉得我做得真是差，比如，因为我性子急，导致小群现在玩玩具稍微不对劲，就没好脾气，大声哭闹。再比如，有时候我在公共场合，看到有人乱扔垃圾，我就很愤怒，觉得太过分。结果导致现在小群在幼儿园看到小朋友不遵守规则，就会大声指责……我缺少包容和理解，让小群学到了我简单粗暴的处理方式。

木木（一个弹跳）：就是啊！你才知道！我早就知道了！哼！你不光对小群，对我有时候也没耐心！哼！还有啊……balabala，你这个人有时候情绪控制水平就是差 balabala，你要改正缺点 balabala……

小懒：……

木木：还有上次，在丢丢家，你呀，就是沉不住气，balabala……还有你看人也不准，觉得谁都好 balabala……

小懒：……

木木：可是你从来都不反思。你说说看，为什么到现在才反思？像上次在我同事家，balabala……

小懒（我忍）：……

木木（还未察觉，继续添油加醋）：比如说吧，我跟你聊天，你要求我必须看着你的眼睛，可是我已经在听你说话了，你还是不依不饶的，完全不是好好沟通的方式，根本就是要找架打的节奏！

小懒（爆发）：你这是挑起家庭大战要作死的节奏吧！我告诉你，从今天开始，你就拖一周的地，做一周的饭吧！别想玩游戏！也别想出去踢球！

木木：我哪里错了？你都进行自我检讨了，我就不能帮你好好分析吗？

小懒：我告诉你，这是广大男人必须明白的事情——当老婆不管因为什么事情突然进行自我检讨时，她并不是要请你玩“大家来挑错”的游戏。她只是想听你说——老婆，都是我的错，都是我让你变成现在这样的，我一定好好悔改，求你原谅我啊。

木木：……

❤ 小女神想和林小群单独相处 ❤

小群过六周岁生日时，请了十来个小伙伴来生日会，现场闹得不可开交。

小女神甜妞终于找到跟他单独聊天的机会。

甜妞：小群，我过生日只想邀请你。

小群（瞪大眼睛，十分诧异）：你傻啊，邀请的人越多，得到的礼物越多啊！

甜妞（我本将心向明月）：……

小懒（撩妹，要从娃娃抓起）：……

❤ 有一天想离婚几十次的已婚男 ❤

阿橙和丢丢回答完小白、莫羡的问题后，轮到小懒和木木。

小懒：木木，你说说吧，你说什么我都不追究，咱俩都老夫老妻了，还能真离咋的。

木木：啊，别对自己这么有信心，万一呢?

小懒：……

小白：姐夫，你是在作死啊，一会儿我可帮不了你。

阿橙：兄弟，我也爱莫能助啊。

木木：小懒，我给你跪下行不，我错了！

小懒：……

阿橙：别耍宝了，赶紧说。

木木：我这么理性的人，还真的很少想过喜欢别人、见异思迁、离个婚什么的。倒不是不说心里话，而是我忙啊。你们想，我每天上班那么忙，哪有空想！

莫羡：有道理。

木木：下了班回到家，好不容易有点自己的时间了，打打游戏多好玩！跟娃耍耍多好玩！换什么老婆！

小懒：你少来，那是因为我是完美老婆！

木木：哼。

小懒：……哼，是什么意思？

木木：就是你理解的字面意思。

小白：……有意思吗？姐夫，你有本事说实话，到底有没有？

木木：要说有，也有。就那一天，至少有过几十次想跟她离婚的念头。

小懒：哪天？

木木：就是我刚刚迷上乐高的那几天。那次跟陈老西约好了买乐高宇航局阿波罗土星五号，我俩比赛，看谁先搭完。

丢丢：这跟乐高有什么关系？

木木：我那天，一下班饭都来不及吃，搭了五个小时，好不容易搭完，自己还没喜欢够呢，隔天下班回来，登月舱和宇航员公仔就不见了。你们猜，小懒跟我咋说的？

小白：咋说的？

小懒：呃……

木木：小懒说她不知道，质问我，是不是我自己没搭完，随手扔哪里了。

小白：也有这种可能啊，我经常就是……

木木：才没有！我把家里搜了个底朝天，明明记得搭完了，这种事我能记错？可小懒再三保证绝对没动……我都快怀疑自己精神出问题了，结果呢？没多久就看到隔壁单元楼的天天正拿着登月舱玩。

小懒：唉，其实不是我送的，当时天天和他妈妈来家里做客，可能是这孩子趁我去厨房撸下来的吧，要不是你说，我都没发现。但我不好意思跟人家家长要……

木木：你不好意思要，他们家长自己不知道家里没这东西吗？而且你知道我这一套多少钱吗？！一千二百九十九！对于一个真正的乐高玩家，你知道这意味着什么吗？

阿橙：意味着我们把你们女人最喜欢的口红送人了，还撒谎骗你说丢了就丢了，反正你涂着也不好看。

小懒（这是什么破烂比喻）：……所以，因为这个，你就想跟我离婚？

木木（鼓足勇气）：嗯，当时就想离了算了。在上班的路上这么想，到了工位上也这么想，开会时这么想，吃午饭、回家的路上也都在想着马上就离婚。

阿橙（致命一击）：木木，你真奢侈，小懒居然舍得让你花一千多块买玩具。

小懒（回过神儿来）：你不是跟我说那套乐高一百八十块？

小懒已经站起来，走到木木的身边，开始掐他的胳膊，木木的嚎叫声与小懒的斥责声混在一起，场面十分混乱。

小懒：反了你了，乱花钱不说，还想跟我离婚……

小白（拦住）：小懒姐，冷静！晚点再跟他算账。所以……你的回答呢？

小懒：情绪不能控制，非常愤怒的时候，无数次气愤地想着，离了算了。但即便那么想，内心深处也知道，这也就是气话，说说而已。但如果非要问，有没有那么一刻，觉得肯定就是他了，也有吧。

木木：有吗？

小懒：就是有次你抱着小群下楼梯，脚下一打滑，差点摔倒。如果你往前摔，是人的本能，可以最大限度保护自己。可是你抱着小群，那样就会最大程度摔到他。然后我看到你使劲往后仰，让自己仰面摔下去……就是那次吧，觉得再不会有哪个人，可以那样用自己整个身体去保护小群。

木木：呜呜呜呜，老婆，你真好。你一直记着啊？

小懒：所以还跟我离吗？一天想离几十次婚先生？

木木：不了。反正登月舱和宇航员公仔我已经要回来了，我还狠狠地教训了天天，当着他妈妈的面儿直接训的，她当时脸色很难看。

小懒：……难怪前天天天妈在街上遇到我都不搭理我了。

木木：嗯，以后也不用跟他们家有啥来往。离婚的念头我以后不会有了，然后你再跟我道个歉，我就把你找了俩月的翡翠戒指还你。这事儿就算过去了。

小懒：我的翡翠戒指被你藏起来了？

木木：对。

小懒：你看着我每天找来找去，找了俩月，你还无动于衷，安慰我说，要相信它一定在地球的某个角落？

木木：对啊，你不是也这么对我说的吗？

小懒：老娘跟你拼了！！！

小白 & 莫羡：……

丢丢 & 阿橙：……

❤ 在小孩面前要给大人尊严 ❤

小懒买了只蝈蝈，用小竹笼装着，每每环境安静下来，蝈蝈那独特的叫声便在房间里响起，很是好玩。

养了一星期相安无事，偏偏木木要给蝈蝈洗澡，拿过去直接在水龙头底下冲……要知道蝈蝈最怕水啊，活活把蝈蝈浇死了。

罪过罪过。

小懒（生气，骂）：你这个愚蠢的二货！

木木（自知理亏，小心翼翼看看身边的小群）：儿子在这儿呢，给我点尊严。

小懒（急忙诚恳道歉）：对不起，我收回刚才的话，应该是——你这个有尊严的二货！

木木：……

❤ 幼儿园分班 ❤

几年前，多多和小群就读的幼儿园要分班，园方请小朋友自由选择班级。

小懒想选她很喜欢的老师带的一班，但没想到多多和小群坚持去了二班。

小懒：为什么去了二班呢？

多多：因为小群选择了二班啊，他去哪儿，我就去哪儿。

小懒：小群，你为什么选择了二班呢？

小群：一班虽好，但二班离安全出口近，如果地震的话，更方便我逃生。

小懒（不知道应该感动还是应该爆笑）：……

❤ 世界上到底有没有人参果 ❤

小群从幼儿园回来，非要买个人参果。

小懒：为什么呢？

小群：我要拿给我们班的甜妞看。

小懒：她没有见过吗？

小群（点头）：嗯。我们班午睡时听《西游记》，她非说世界上根本没有人参果。

小懒（大喜，不愧是我儿子，这么小就知道讨女孩欢心了）：所以这个人参果是要送给她的吗？

小群（诧异的）：当然不是，我就是给她看看，然后让她看着，我再吃掉。

小懒：……

❤ 上幼儿园老迟到 ❤

小群上幼儿园时，总是迟到。小懒终于无法忍受，准备跟他谈谈。

小懒（温柔地说，但其实内心已经在咆哮）：宝贝，我们每天都迟到，有什么办法可以改变吗?

小群（完全不往心里去）：我不知道。

小懒：……

其实小懒很想吼他——

你起床时可以不拖延吗?

你刷牙时能不玩水吗?

你可以穿鞋不玩玩具吗?

……

但是小懒决定做个好妈妈，希望跟他讨论，希望他可以自省。

小懒：你再好好想想。

小群（沉吟半晌）：妈妈，我觉得咱们家可以买辆赛车呀，开赛车去幼儿园就好了呀。这样一定不会迟到了。

小懒：……

❤ 我算是看透你了 ❤

又到了吃小龙虾的季节。

小懒：我想吃小龙虾。

木木：哦，我给你买。

小懒：可我叮嘱过你，让你监督我减肥，如果我忍不住想吃好吃的，你要拦着我，说——别吃了，管住嘴，肯定可以瘦下来。

木木（诚恳的，丝毫不觉有诈）：好吧。老婆，你别吃了，管住嘴，肯定可以瘦下来。

小懒：我的天哪，没想到你是这样的人，结婚这么多年，你不但舍不得给我买份小龙虾，还嫌弃我的身材！滚！我算是看透你了！

木木：……

❤ 男人都是大骗子 ❤

小懒半躺在床上。

木木在沙发上玩游戏。

小懒：木木，你爱我吗？

木木（想也没想）：爱。

小懒：详细说说。

木木（决定好好配合，以防止小懒捣乱，玩不成游戏）：当然，老婆，我可爱你了。我愿意把我的工资卡给你，所有东西都先拿给你，如果遇到沉船、车祸……我绝对会把唯一活下来的机会留给你。

小懒：那老公，你去把鞋柜外的脏袜子捡起来，再去洗个碗，拖个地。

木木（干脆果断）：老婆，我不愿意。

小懒：……

❤ 火车上遇见文身大哥 ❤

小懒坐火车，坐在她旁边的，是个左青龙、右白虎的文身大哥。

大哥携家带口的，却拉着小懒聊家常。

小懒担心一言不合大哥会从背后抽出把刀，又有些期待，影视剧里，黑社会大哥碰到聊得来的小妹会送个随身物件，扳指、手串、挂件什么的。小妹戴上后行走江湖，谁都以礼相待，见物如见人，任何麻烦都不沾身。

但是！

小懒：木木，我不开心。

木木：怎么了？

小懒：这个大哥太让我失望了，跟我聊得那么开心，直到我下火车，他都没有任何表示，我还等着他送我“江湖好相见”的物件呢。

木木：……

❤ 我们一起攻击爸爸吧 ❤

对于男孩们来说，只要说上一句“我们一起来攻击爸爸吧”，男孩们就会迅速对视一眼，进入战争状态，朝着那个在场的倒霉蛋爸爸冲过去，手脚并用。

“多多，我们攻击你爸爸吧！”

“好啊，冲啊！”

“小群，我们攻击你爸爸吧！”

“耶！走！”

百试百灵。

但，有了小阔之后，不是这样了。

某天在院子里，多多、小群和小睿正在玩蚂蚁，木木抱着八个多月的小阔，和小懒一起散步。

多多：小群，我们攻击你爸爸吧！

小睿（已经冲出去）：耶！

小群（并没有像以前那样对着爸爸拳打脚踢，而是大喊）：不行！

多多 & 小睿（愣住）：为什么？

小群：你们这样会打到我弟弟的，我不允许任何人伤害我弟弟！

啊，小群，你为什么这么暖？

虽然爸爸怀里的小阔弟弟对此一无所知。

❤ 有些问题，还是要直面 ❤

60 后的赵老师和周老师对小白、莫羡的问题，回答得非常直接。

赵老师：什么时候觉得就是他了？一辈子就是他？怎么可能，我到现在也没想过一辈子就是他了啊，不定哪年谁再遇到爱，就离了。

周老师：没错没错，赵老师说得非常诚恳。你们这些 70 后、80 后、90 后，很多时候心里打着小算盘，并不敢真的坦诚以告。当然，也有可能你们说的，就是心里话。但婚姻生活就是摸着石头过河。

小懒：呃，这么洒脱吗?

赵老师：对，不但要洒脱，就算对方真的提出来，也要痛快地放他走。

周老师：毛姆说了，当你二十岁陷入恋爱时，你觉得那会是永恒的，而当你五十岁，你把生活，把爱情都看透了，你就会知道这不过是转瞬即逝的玩意儿。所以，赵老师，放心，我也会像你对我做的那样对你的。

小懒 & 木木（四目相对）：……

小白：我怎么觉得您二位是在试探彼此，说反话呢。

阿橙：我也觉得。

丢丢：我倒是相信，赵老师、周老师比我们活得通透，又见过那么多大风大浪，想开了，自然没什么顾忌。

赵老师：确实是心里话。我曾经教过一个学生，小姑娘从小到大从没吃过苦，从小被爸妈捧在手心里，偏偏初恋男友变心，跟她提了分手。她不甘心，甚至有点魔怔，不知道从哪里找了个道士，又去算星座……家里一堆符，恋人回心转意符、如何挽救前任符什么的，天天按星座算的出门办事……别人简直拿她当笑话。

小懒：后来呢?

赵老师：后来她也没心思上课，逃课逃得太多，学校里待不下去，被父母送到国外，听说在大学里结识了一个英国男孩，生了一对双胞胎，每天晒娃、练瑜伽，别提多幸福了。

小白：听上去，也还算不错。

赵老师：对，我分享这个就是想说，真的，任何时候恋人跟你说遇到真爱，放 ta 走。不耽误对方，也不耽误自己。没到最后一刻，谁都不知道自己的人生还有着哪一种可能。

周老师：……你是真这么想啊。我以为你随便说说呢。

丢丢 & 阿橙：……

赵老师：你是随便说说吗?

周老师：我这不是想顺着你嘛，没想到你……

赵老师：要我说，要不然这样，咱俩先离婚，我帮你找个特别温柔贤惠、知书达理的……然后呢，过不了多久，你就会觉得还是我好，会好好珍惜我，加倍对我好。

周老师：哦，原来你打的是这个主意。那不用离，你先帮我找好，多找几个，我可以不辜负你多试几个!

赵老师：滚，我踹死你!

小懒 & 木木：……

丢丢 & 阿橙：……

小白 & 莫羡：……

❤看什么电影❤

小懒跟木木决定晚上找一部电影看。

木木：老婆，是看《银河护卫队》，还是看《超体》?

小懒：我想想啊!

木木：算了，看《银河护卫队》吧。

小懒：为啥?

木木：以你的智商，《超体》肯定看不懂的，我不想一边看，一边回答你的各种白痴问题。

小懒（真不知道以后怎么样才可以继续漫长的婚姻生活）：……

❤ 一个好消息，一个坏消息 ❤

木木同学难得做晚饭。

木木（突然大喊）：老婆，有一个好消息，一个坏消息，你想先听哪个?

小懒：坏消息。

木木：呃，小米粥我小米放少了，粥不够吃。

小懒：好消息呢?

木木：小米汤可以随便喝。

小懒：……

❤ 我想一个人静静 ❤

小白非常不开心。

小懒：小白，你咋了?

小白：我今天晚上跟莫羡吵架，我说我想一个人静静。

丢丢：然后呢?

小白：结果他说，好的，那你路上小心……然后转头就走了。

小懒：呃……

木木：唉，莫羡就是笨，还没有领悟“女人有时说话要反着听”，想要像我这么明白，至少得修炼个两三年才行。

阿橙：就是，想要像我这么明白，还得五六年。

木木：不要脸，凭什么你比我要久？

阿橙：因为丢丢比小懒能作啊。

木木：这个观点我就不同意了，小懒哪里就比不上你家丢丢作了？你是不是瞧不起我们家小懒？

丢丢 & 小懒：……

❤ 人小鬼大 ❤

小群吐着舌头在切好的西瓜瓤上扫来扫去。

小群：妈妈，妈妈，我的舌头是味道探测器！

小懒：真厉害！

小懒拿出洗好的樱桃，小群见状放下手里的粽子。

小群（小手蜷缩着似螳螂拳）：妈妈，偷樱桃器来了。

小懒情绪不好，连小群也懒得搭理。

小群：妈妈，你说我们要相爱，可你现在，就是在破坏相爱。

在海边。

姥爷想要旁边一对情侣手中的空矿泉水瓶，好多装些海水回去养熊孩子捉的螃蟹。

姥爷：小群，你去跟叔叔阿姨要下瓶子呗。

小群（正给沙坑灌水，头也没抬）：姥爷，您这么大岁数了，跟陌生人说话的勇气都没有啊？

小懒：……

姥爷：……

❤ 与男神在球场上 ❤

小懒的闺密晴天，某天突然非常困惑地来找小懒。

晴天：小懒，你帮我分析分析。

小懒：啥事?

晴天：我暗恋已久的男神前几天约我打网球，我挺高兴地去了，结果回来他就把我拉黑了。你说为啥?

小懒：你们打球有发生什么特别的事情吗?

晴天：没有啊。我们打得挺好的。他球技也非常好，我使出浑身解数才把他打得落花流水。

小懒（委婉的）：呃，打球而已，何必这么拼呢!

晴天（反问）：到了球场上，不就是为了运动流汗吗？？

小懒（活该你单身）：……

❤ 小群希望妈妈跟老师谈心 ❤

小群读幼儿园时，有一天放学，非常不开心。

小群：妈妈，我讨厌幼儿园，我每天都不想睡午觉。

小懒：你可以跟老师谈谈，睡眠室的规则是，只要你不打扰他人，你可以不睡觉。

小群（认真想了想）：你去跟老师谈吧。

小懒：我觉得这是你自己的事，应该你自己去跟老师谈。

小群：我自己会谈的，但我希望你也能跟老师谈谈。

小懒：好吧，我跟老师说些什么好呢？

小群：你就说，小群以后再也不去上学了。

小懒：……

❤ 分手的理由 ❤

木木的堂弟阿华同交往的新女友谈了一个月的恋爱，任凭亲朋好友费尽口舌地相劝，他还是同看上去乖巧、漂亮又大方的女孩分了手。

木木：这次的理由是什么？

阿华：她神经病呀。本来她在看电视，看得好好的，看到我在玩游戏，非要过来捣乱，用手在我的iPad上划来划去的，我正运筹帷幄治理国家呢，好吗！这么一来全乱套了！

小懒：呃，也许……

阿华（打断）：如果她正在玩游戏，这时我看电视，她一定过来抢遥控器，不管我是看球赛正在激动人心的时刻，还是我正全神贯注在看纪录片，她老人家三秒一个台，连电视机都不给喘气的机会。

木木：呃……

阿华（继续吐槽）：如果她在看电视，我躺床上睡觉，她一定会关了电视，跑床边一会儿拍下我的脑袋，一会儿堵我的鼻子，要么就扯我的眼皮……你说这是不是有病？而且吧，我越教训她，她越来劲。

木木：你嫂子也经常这样对我啊！

阿华：啊？女人都这样？都有这个毛病？太可怕了。那我不要谈恋爱了……

木木：……现在知道有点晚了。

阿华：那嫂子，我采访下你，为什么你和她，都有这样的神经病行为呢？

是某一类女人有，还是所有女人都有呢？

木木（兄弟，你好样的）：……

小懒：因为我们女人就喜欢看男人拿我们一点办法都没有时，有点恨有点无奈同时有点宠溺的样子啊！

木木（敢怒不敢言）：……

阿华：搞不懂，神经病！

小懒（活该你单身）：……

❤ 阿橙和丢丢每天都要闹离婚 ❤

阿华对阿橙和丢丢这对夫妻的相处模式很是不解。

阿华：阿橙哥哥，我采访下你呀。丢丢一天里跟你说离婚，我都能听到十几次。可为啥你俩越来越甜蜜了呢？为啥我的前任每次跟我说分手，我们就真的分手了呢？

阿橙（漫不经心）：这有什么不明白的，难道你不知道，当女生跟你说分手的时候，其实是在表示——你对我不够好。所以这时候你只要加倍对她好，多表示表示就行了。

阿华（不解的）：啥？

阿橙：要知道，女生提出分手，等于给你制造考验、激励、表现的机会！比如，我们家丢丢跟我说——阿橙，我要跟你离婚！那我下班肯定会买一堆水果，“亲爱的，我给你削个苹果吧！你看今天的西瓜又沙又甜！对了，玫瑰香的葡萄不是你的最爱吗？你看，我可是买了五斤！”

阿华（彻底呆住）：是这样的吗？会不会太贱了？

阿橙：跟自己的老婆，就是要贱。中国有句古话怎么说来着，“下贱驶得万年船”！

阿华：？？？是这么说的吗？

阿橙：不然呢？你女朋友这样说，你会怎么做？难道……

阿华（泪如雨下）：不然你以为我一年分手十二次的纪录是怎么来的……每次女友一跟我说分手吧，我就想，既然她已经决定分手了，那我一个人不同意又有什么办法呢，分吧那就。原来，不是这么回事？

阿橙（活该你单身）：……

❤ 我们是和谐的一家 ❤

小群小时候，绝大多数时候可爱又萌。

仅仅是看到他花生米般的脚指头，胖嘟嘟的小黑脸（没办法，肤色随爸爸），或撅着小屁股玩遥控车玩得全神贯注，或奶声奶气地喊一声“妈妈”，便已经能够让身为人母的小懒瞬间拥有排除万难的勇气和决心。

也是这时才敢相信，原来世间真的有这样一种情感，叫人可以把心掏出来，还嫌不够多，心甘情愿得如此彻底。

可萌孩子他随时随地能够一秒钟变成熊孩子啊！

想培养他自己坐餐椅独立进食的能力，而他边吃边玩外加餐具使用得不熟练，桌上、地板上撒满米粒、菜汤、蔬菜、叶子，满地狼藉，几乎可以让人改变世界观。

你跪在地上收拾，他突然跑过来伸出小魔掌搂住你的脖子，爬上你的背，忽而双腿使劲一荡，你的身体失去重心又担心背后的熊孩子同你一起摔倒，双手向后托住，自己吃到一个漂亮的嘴啃泥。

刚打扫过的房间玩具堆满地，汽车、飞机、手枪、绘本故事书……满屋飞，熊孩子在床上蹦蹦蹦，吧唧吧唧吃着红樱桃，大喊“妈妈，大炮发射了！”豆粒般大小的核随意改变方向往外“扫射”。

“请你吐到垃圾桶里！”

“妈妈，你这不是胡说八道吗？”熊孩子有板有眼地反驳，“垃圾桶是放垃圾的，不能放‘炮弹’！”

你在厨房做饭，熊孩子过来拉你的胳膊：“妈妈，妈妈陪我玩。”

你打开电脑刚敲了几个字，熊孩子扯着小短裤：“妈妈，我尿裤子了。”

换好干净短裤，重又坐好，手指还没挨到键盘，熊孩子突然身体僵直，大喊：“妈妈，我要拉便便！”

……

如果科技进步能够让人看到他人脑海里的画面，那么熊孩子绝对可以清晰地看到，在妈妈的想象中他已经被打得皮开肉绽。

必须爆发了！

小懒：小群，请你把你的玩具归位，玩具们都在哭了，呜呜呜呜，我们要回家，要回家。

小群：妈妈，它们说它们不想回家。

小懒（这个办法只有两岁的时候最好使啊）：……玩具不玩的话，要收拾干净，不然小朋友会摔倒，下次想玩也找不到了。

小群（假装听不到，继续玩）：……

小懒（青筋暴起）：#$^%*^(*&*&ty%$^%#%$#@^*&……还有你！（矛头一转，指向在旁边玩网游的木木）脏衣服不许乱扔，吃过的西瓜皮请你收拾后扔掉，不看的书重新放回书架，#…………%*&…………￥……%￥……

木木（非常无辜）：我就不明白了，你说的事情，我一件都没做，为什么你在骂小群的时候，顺带也骂我呢？哪里有脏衣服？哪里有西瓜皮？我又没看书。

小懒：因为我很忙啊，我不想等一会儿你犯这个毛病了再骂你，索性提前骂了，能够节省时间，还可以给你提个醒。

木木：……

第 四 章

距离小白、莫羡决定要不要离婚，还有九天。

他们提出的第二个问题是——

对方做过的最浪漫和最让你深恶痛绝的事情，分别是什么？

❤ 水瓢引起的战争 ❤

小懒家里舀水的水瓢坏了，小懒妈妈命令小懒爸爸去超市买水瓢。

结果小懒爸爸买回家，小懒妈妈十分不满意。一会儿嫌弃颜色不好看，一会儿说质量差，一会儿又说太大了，舀水不方便，唠叨个没完。

以前，小懒爸爸不吭声，小懒妈妈顶多唠叨个十几分钟，也就过去了。

但那天，小懒爸爸没控制住。

小懒爸爸：一个破水瓢，你犯得着当着孩子的面这么数落我吗？外孙都这么大了，他还看着呢！

小懒妈妈（暴怒，随手把水瓢扔在地上）：说你几句怎么了？你买苹果，哪个青哪个涩哪个烂洞你买哪个。多简单的事让你干，你都干不好。年轻的时候你在外地工作，几个月不回来，家里水稻都是我一个人种。大半夜的三点轮到咱们家浇水稻，地旁边就是坟地，我怕得头皮发麻还不是得摸黑爬起来浇水稻？你呢？买个水瓢，你都能买这么差，我凭啥就不能当着孩子的面数落你？

小懒爸爸愣了一会儿，转身出了大门。

小懒：妈，我爸去哪儿了？

小懒妈妈：谁知道。理亏，自己出去转转了吧。

木木（这都什么逻辑啊，女人啊女人）：……

十分钟后，小懒爸爸回家，手里拿了两个水瓢，一黄一红，一大一小。

小懒爸爸（把水瓢放在正在厨房做饭的小懒妈妈身边的案板上）：刚才我错了，不应该跟你吵。

小懒妈妈（不敢相信的）：呃？

小懒爸爸：来吧，你继续数落我，先来俩水瓢的数落。这次我绝对不吭声。你要是不满意，我再去买几个，买几个水瓢你就数落我几个水瓢的。

然后小懒和木木几乎是异口同声——

小懒：你为啥不学学我爸？

木木：你为啥不学学你爸？

❤ 夫妻之间如果没有信任 ❤

晚上小懒哄小群睡觉，关上卧室的门，隐约听到木木在厨房叮叮当当弄吃的，估计是木木的爸爸妈妈从海南快递来的小黄牛牛肉干。

结果十点多小群终于睡着，小懒忍住困意出来，看到木木十分慌乱的神情。与之相对应的，是摆在桌子上的粽子。

小懒最讨厌吃粽子了，各种口味的都讨厌。

奇怪，居然没有牛肉干？

小懒：咦，你没做牛肉干吗？我好像听到你在厨房炸牛肉干的动静啊。

木木（抹抹嘴）：没有啊，我只是用微波炉热粽子而已啊。

小懒（狐疑的）：真的没有？

木木：哎呀，大晚上的弄什么牛肉干嘛，没有就是没有。快去睡吧。

小懒：好吧……可我还是觉得有点怪。

木木：你要想吃，明天给你炸。

小懒：行。

虽然依然有点怀疑，小懒还是回到房间看书去了。结果这个晚上，直到夜里一点多，木木都没有回卧室睡觉。小懒走到客厅，发现……发现木木同学已然倒在沙发上睡着了——双手还抱着个瓷盘，半倒的瓷盘里依稀有吃剩下的牛肉干。显然还加了生抽，盘子底都是黑色的。

翌日清晨。

小懒：木木，我觉得……咱俩……咱俩……真是没法过了。

木木：你神经病啊，大早上的没事找事。

小懒：你还装，你昨天抱着牛肉干盘子睡的，还骗我没吃！哼！

木木：呃，那个，那个，好吧，我承认，我怕你吃太多，不够我吃！

小懒：……你还男人呢你！老实说，我真的特伤心，昨晚一整晚都没睡。

木木：拉倒吧，我半夜醒来，你睡得跟死猪似的。

小懒：胡说八道。接下来，你必须洗一星期的碗，拖一星期的地。

木木：凭什么呀？就因为我做了牛肉干没给你吃？

小懒：不，因为你亵渎了我们的婚姻。

木木（结结巴巴）：我哪有？怎么、怎么着就……就亵渎婚姻了？

小懒：你做了牛肉干都不说真相，我还怎么能指望在漫长的婚姻里跟你过一辈子？夫妻之间什么最重要？信任！这不是对婚姻的亵渎，是什么？

木木：……

❤ 守财奴夫妻 ❤

木木最近喜欢上了某个大牌新推出的手表，可是苦于价格昂贵，下不定决心要不要买。

也许我们每个人都曾经有过这样的挣扎吧，很喜欢某类商品，可因为价格问题，在该不该、要不要、值不值的痛苦中，有着九曲十八弯般的纠结。

很多时候，也不是买不起，而是舍不得。比如，常想着如果这笔钱用在父母的健康保健上，用在小朋友的教育投资上，用在贫困小学的捐款上……就又动摇甚至直接放弃了。

木木和小懒从来都不是物质至上的人，任何东西，吃穿住行，适合、舒服就好。但难得木木第一次对某个奢侈品有着这样的喜好，每天晚上下班回到家，都会打开网页看上一看，颇像学生时代暗恋女神时那种无法自控的喜欢，却又有着深深怀疑自己到底值不值得拥有的自卑。

真是让人没法看下去了。

小懒（大手一挥）：木木，来，老婆给你买！不就是一块手表嘛！我付钱给你买！

木木（斜眼）：真的假的？

小懒：这我还能蒙你嘛。当然是真的，来吧，网页我都打开了。

木木：呃，不好吧！老婆，你这样太奢侈了，其实我只是有点喜欢啊，并不一定非得拥有。老实说我觉得我们……

小懒：废话少说，我已经决定了。

木木（十分摇摆）：呃，那个，既然这样，那就……买一对吧，你一个我一个！

小懒：我才不要呢！

木木：啊，你这么伟大！居然只给我一个人买？呜呜呜呜，老婆你对我真好。

小懒：……你想太多。主要是我看上了一款翡翠手镯，你这个表，我一点也不喜欢。我想好了，给你买块表，我买个手镯，咱们各有喜欢的东西，就算是守财奴也得见点荤腥啊是吧。

木木（想了一会儿，痛下决心）：老婆，我决定了！就让我们……

小懒：嗯，你说吧！要哪个颜色的？要不然，我托人从香港给你带回来，正好那小谁，不是去香港了吗（拿电话，准备拨号码）？

木木（按住小懒）：你别急，我不是这个意思。

小懒：那你是什么意思？

木木：我说，我不买表，你也不许买手镯！让我们都别买了行不？！

小懒：……

木木：而且你要做到，不能因为没买，就天天惦记着，俗话说得好，不怕贼偷，就怕贼惦记。你不能惦记，要彻彻底底放弃，因为这是我放弃了买一块表的代价换得你彻底放弃的，听到了吗？

小懒（打开电脑写稿）：……

木木：你在干吗？

小懒：我在写稿。

木木：咦，说写稿就写稿？是不是我给你灵感了？要写经过我对你的批评教育，你被感化，主题就是勤劳俭朴是传家宝什么的吗？

小懒：……不，今天的小说，主要就是讲述一个终日幻想着自己能够早日跻身白富美行列的女子，在不断拖后腿的丈夫的拖累下，与丈夫一起成了一对光荣的守财奴夫妻的故事。

木木：……

❤ 小群去幼儿园 ❤

小懒和木木翻以前的照片，回想起当年小群去幼儿园第一天的故事。

幼儿园规定，入园前两天，家长可陪同小朋友在园区除了餐厅以外的各个地方自由行走，让小朋友熟悉情况。接下来的时间，父母均不可陪同。但是幼儿园鼓励家长在接下来的入园一周的时间内，只让小朋友上半天，到了中午就接走，让小朋友慢慢适应。

小群到了陌生的地方十分好奇，又有妈妈陪同，格外开心。到了第三天妈妈要离开了，虽然妈妈已经明确告知，但他依然没有搞清楚状况，十分开心地挥手跟着老师进园了。

……

在入园很久很久之后，小懒同丢丢聊起这件事。

小懒：我那天好丢人，心里各种空虚、焦虑、慌张，一想到才三岁的小群就已经开始了全新的校园生活，就担心他能不能应对幼儿园里发生的突发情况。被人欺负了怎么办？吃不饱饭怎么办？想妈妈了怎么办？生活不能自理怎么办？万一不小心在楼梯上摔倒有危险怎么办……我一个人在幼儿园外面的小公园，放声大哭，鼻涕眼泪齐流。路过的叔叔阿姨、大叔大妈纷纷看我……唉，好丢人。

丢丢：还好啦。

小懒（敏感的）：呃，难道你也……

丢丢（痛哭流涕）：至少你没有边哭边爬墙头偷看，最后被园长抓住，整个人倒栽葱掉下去，被叫到园长办公室谈心！

小懒：……

❤ 请勿触摸拍打 ❤

家里的灯泡坏了。

刚好附近就有灯饰城，于是小懒同木木去灯饰城挑灯泡。

走到某一家做灯饰的店，店门前放着一匹高大的陶瓷大马，十分威武雄壮。

小懒正想上手摸一下，拍拍大马的屁股。

木木（走在前面，盯着大马上面的广告牌，一字一顿念道）：请——勿——触——摸——拍——打。呀，神经病才这么闲得没事拍它呢。

小懒（手尴尬地停在半空）：……

❤ 小白、莫羡的第二个问题 ❤

距离小白、莫羡决定要不要离婚，还有九天。

他们提出的第二个问题是——

对方做过的最浪漫和最让你深恶痛绝的事情，分别是什么？

小懒：做过的最浪漫的事情啊？热恋的时候做得比较多，后面老夫老妻了，不知道是对浪漫的要求高了，还是真的没啥动力和激情了，做得很少了。

木木：小懒，你这么说话，不昧良心吗？

阿橙（起哄）：就是啊，小懒，不是我说你，你对木木，唉，真是的，怎么能这样呢！

丢丢：……

小白：我姐怎么就昧良心了？

小懒：对，你说清楚。

木木：就说最近的。你记不记得前一阵你出去签售，一个城市一个城市地跑，每去一个地方，得去五六所大学做讲座，累得都快瘫了。

小懒：有这事，咋了？这和浪漫能沾边吗？

木木：……你真忘记了？

小懒：你去大学听我讲座了？没有吧？（冥思苦想）没有，我确定没有。

木木：……就是那次你从西安回来，我跟小群悄悄地在机场突然出现"劫持"你啊！

小懒：噢，突然从背后蹿出来，吓我一跳那次？想起来了。

木木：这算一个吧？

小懒：嗯，算！那最过分的事，我得排个名，你做过的最过分的事情实在太多了，搬家你去踢球、炒了牛肉干不给我留、我离家出走你没找我、跟你吵架你睡着……

丢丢：……并列第一吧要不然？

阿橙：啧啧，这才是我认识的木木。

木木：……所以，小懒，浪漫的事情你一件都不记得，过分的事情倒是记得门儿清？还有吗？

小懒：呃，那个……

木木：你不是说你最讨厌我每次脱了袜子不但自己闻，还满屋子追着你让你闻吗？难道不是这个排第一名吗？你每天都气冲冲地因为这个骂我，现在居然提都没提？

小白 & 莫羡：……

丢丢 & 阿橙：……

小懒：呃……

木木：还是说，其实你以前都是假装不乐意来着，其实像我一样，对于闻臭袜子这件事，很享受？对，没错，就是这样的。老婆，你以后不要假装不乐意了，我会每天回到家，都跟你分享的。

小懒（为什么对闻臭袜子这么执着）：滚！

❤ 又馋又懒又自私又蛮不讲理 ❤

木木的表弟阿华一直在谈恋爱，又一直在分手。

阿华（掏出手机）：嫂子，你看我的新女友的照片！

小懒：呃……蛮漂亮，但好像不是上次那个呀！

阿华：唉，早分手了，都多少任了，你们一年回来两次，我女朋友都换很多任了。

木木：你年纪也不小了，干吗还一副"花花大少"的样子，要收心了。

阿华（愤愤不平的）：可是表哥，这压根不怪我啊！

小懒：咦，难道你的意思是都是她们甩的你？

阿华：不是啦！是她们每个人都有每个人的问题，我实在忍不了。

木木：有什么问题？

阿华：比如说上任特别懒，什么活都不肯干。

小懒：呃……

阿华：比如说上上任，特别馋，看到什么都想吃。

木木：呃……

阿华：比如说上上上任，特别不讲理，刁蛮任性。

小懒：其实每个女孩都或多或少有些缺点，你得懂得包容。

阿华（看下表哥木木）：哈哈哈哈，嫂子，你简直开玩笑，怎么可能嘛。

木木（斜眼不敢说话）：……

小懒：女孩能够在你面前把缺点表露无遗，说明她足够爱你，足够接纳你，对你已经充分信任了嘛。哪想到你不肯接纳……

木木：呃……

阿华：是这样吗？那可不行。反正我受不了这个。好女孩那么多，本来就爱不过来啊，为什么还要继续同有着种种完全无法让人接受的缺点的女孩交往呢？你太老古董了！

小懒：你既然爱一个女孩，除了爱她的优点，更要学会包容人家的缺点。你自己还一身毛病呢，该不会你觉得自己十全十美吧？

阿华（口气又变得犹豫，目光转向木木）：表哥，是这样的吗？

木木：呃，其实……我不知道啊，我就交了你嫂子这么一个又馋又懒又自私又蛮不讲理又花钱很快的女朋友，然后就结婚了。

阿华：……

小懒：你在说什么啊，你怎么就不说实话呢？我是那样的人吗？

木木：阿华，别听你嫂子胡说。怎么可能是你的错呢，都是你前任们的错。

阿华（得意的）：我就说嘛。

小懒：你搞什么？

木木：知道你的前任们错在哪里了吗？她们最大的问题在于，都太傻了。

阿华：傻？

木木：是啊……她们应该向你嫂子学习，开始的时候把自己最完美的一面展现出来——温柔可爱大方！贤惠美丽善解人意！勤劳善良敢担当！勤俭持家有才华……等到你彻底爱上人家无法自拔、非她不可的时候，才是表现出自己又馋又懒又自私又蛮不讲理又超会花钱的一面的时候。她们错就错在没掌握好火候，提前把最坏的一面暴露无遗了。

小懒：……

❤ 你连生肉都能吃 ❤

小懒买了块酱肘子。

那肘子色香味俱全，看上去十分好吃，小懒一时没忍住，直接咬了两口，当时只觉得难嚼得很，但并未在意。

没多久木木看到，拿起肘子细细翻看——

木木：小懒，这肘子显然没熟啊，你看你看，里头的肉都是粉红色的，你居然都能吃？天啊天啊。

小懒：呃，是吗？难怪那么难嚼。

木木：太恐怖了！

晚上。

木木这货居然翻箱倒柜，找出来一副皮手套戴上。

小懒：你要干吗？

木木：睡觉戴啊。

小懒：你神经病啊，睡觉为什么戴手套？

木木：你连生肉都能吃，万一晚上把我的手当肘子啃怎么办？

小懒：……

❤ 别把我忘记了 ❤

小懒带着小群去买菜，买完走了十几米，卖菜的追出来——

卖菜小贩：哎，姑娘，你儿子的滑板车忘记了！

小懒（赶紧回去拿）：谢谢，谢谢……

小群：……

走了几步，小懒惦记着其他的事情，步子快了几步，和小群隔开了几米。

小群（吓得往前追，同时大喊）：妈妈，你别把我忘记了！

小懒：……

❤ 感动得热泪盈眶 ❤

丢丢认为，阿橙做过的最浪漫的事情是，两个人在一起后，即便多多出生后，他仍然把丢丢放在第一位，并没有因为孩子的出生，让整个家庭的核心发生改变。去哪里吃饭、逛街、访友……家庭活动如果需要做选择，他一定会先问过丢丢的意见。

但阿橙并不满意，他觉得很多事情远比这个浪漫。

阿橙：比如当年你爸爸不同意我俩的婚事，我天天没皮没脸地往你家跑，大包小包，还主动加入你爸的足球队，他们可是老年足球队啊……我都快跟你爸混成哥们儿了。

丢丢（非常难得地温情地看了看阿橙）：是啊，这个我倒是记得的。不过你一定猜不出我最深恶痛绝的事情是什么。

木木：阿橙喜欢吃鸡屁股？

小懒：……

阿橙：不可能！丢丢虽然有时候有点小心眼，但在吃的方面，还是很尊重我的口味的。

丢丢：呵呵……

阿橙：难道不是？你不是经常给我买吗？

丢丢：难道你到现在都没发现，我只在咱俩吵架时，才给你买鸡屁股吗？

木木：我就知道！

阿橙：我知道啊，咱俩吵架的时候，你就买鸡屁股主动跟我示好，这不恰巧说明你爱我，重视我吗？

丢丢：你……误会了。

小懒：所以，丢丢你的意思是……

丢丢：每当我俩吵架，我就送他鸡屁股吃，他感动得热泪盈眶的，觉得我对他真好，以为我主动妥协。其实不是的，每次看到他在那儿对着一袋子鸡屁股大快朵颐，我都在心里痛骂——你个烂人，吃一辈子鸡屁股吧！既让我发泄，又让阿橙觉得我在示好。你们说，神奇不神奇？

阿橙：我不许你们说我，也不许你们这么说鸡屁股的坏话！

小懒 & 木木：……

小白 & 莫羡：……

❤ 这个小孩长得真丑啊 ❤

十一长假回木木老家。

小懒和木木虽然每年都会带小群回海南奶奶家，但还是有很多木木家的亲朋好友没有见过他。在一个亲戚的结婚典礼上，他们一下子见到了各方亲戚。

他们见到小群，一窝蜂地涌上来。

A：哇，这个小孩长得真丑啊。

小懒（这是什么话）：……

B：这个小孩真是丑得不像话。

小懒（哼，你才丑得不像话）：……

C：哎呀，这个小孩，没见过这么丑的了。

小懒（信不信我跟你拼了）：……

D：哈哈哈哈，丑得有水平！

小懒（你才丑得有水平，你全家都丑得有水平）：……

在小懒的脸色越来越难看时，木木同学却面带微笑，对每一位“夸赞”小群丑的亲朋好友不停地说着感谢的话。

“谢谢啊。”

“是啊是啊。”

“唉，的确是丑了些。”

瞬间，小懒的愤怒到了极限，一把扯过木木至偏僻处——

小懒：你有毛病吧？人家说儿子长得丑，你还嗯啊嗯啊，咱儿子哪里丑了？

木木：哎呀小懒，我忘记告诉你了，这是我们这里的一个风俗，见到小孩一定要说他丑，这样小孩子才会健健康康，长命百岁，顺风顺水，大富大贵！

小懒（狐疑的）：真的假的？大富大贵就算了，健健康康的就可以了。话虽然这么说，但听起来还是有些别扭。

木木：好了好了，别小心眼了，赶紧过去，大家都等着咱们呢。

小懒（不情不愿的）：好吧……

回到酒席处。

亲朋好友没有一个人察觉到小懒不快的脸色，继续对小群的容貌进行“赞扬”——

E：叫小群是吧，来，小丑孩儿，来叔叔怀里。

F：小丑丑，来阿姨怀里。

G：丑八怪，来奶奶怀里。

就在小懒觉得“是可忍，孰不可忍”，即将爆发时，事情突然出现了转机——

A：这孩子，简直跟爸爸长得一模一样。

众人：是啊是啊，跟爸爸长得一样丑。

小懒（转怒为喜）：哈哈哈哈，是啊是啊，跟爸爸一样丑。

木木：你干吗？

小懒：哈哈哈，像你就没事了，哈哈哈哈。

木木（咬牙切齿）：我明白了，大家说儿子丑，你不高兴，并不是气儿子丑，而是觉得似乎连带着说你也丑。现在说像我，跟你就没有关系了是吧？你依然负责貌美如花是吧？

小懒（不理会木木，同大家附和着）：是啊是啊，唉，没办法，他的儿子，不跟他一样丑，实在说不过去，哈哈哈哈……

木木：……

小群（很无辜）：……

❤ 老夫老妻的情话 ❤

那天小懒要出去办事，想让早上开车上班的木木送一程。

结果木木嫌弃小懒起床太晚，觉得自己上班要迟到了，让小懒自己出门打车。等到小懒收拾完毕走到楼下，赫然发现木木的车依然停在楼下，似乎在等自己。

小懒：咦，你不是说，要迟到了，来不及送我了吗？

木木：是啊，我原本是这么想的。可是到了楼下，我发现今天降温了，风大，我怕你冷。

翌日。木木在玩游戏，新出的植物大战僵尸，玩到兴头上，别人说什么都置之不理。

小懒：你改天给我做下鱿鱼吧。我自己做的不好吃，太湿了，口感不好，不脆。

木木（玩游戏，没听到啊没听到）：……

小懒：好吧，算了。

次日早晨。

小懒早上起床，居然看到木木同学没刷牙没洗脸，却在厨房煎鱿鱼。

小懒：奇怪，大早上的你煎什么鱿鱼？

木木：咦，你昨晚说，你想吃啊。

小懒和木木已经是老夫老妻了，早早过了做任何一件事都觉得惊心动魄、荡气回肠，无时无刻不在思念对方的热恋期，在这样平淡如水的日子里，这两件事，也算是胜过一些热恋期的情话。

❤ 你为什么一直没有升职 ❤

木木的公司最近一直加班，之前因为业内活动，周六、周日不休息，好不容易想给大家放个假，又赶上某个十分重要的新闻事件。这天他回到家已经是凌晨三点。

木木（给大家发短信）：最近大家辛苦了，明天要没什么事，就晚点去吧。太累的下午来公司也行。

众人早就累得人仰马翻，纷纷回复“好的，领导你太英明了”之类的。

唯独娟叔的回复同大家不一样——

娟叔：不，我才不要呢。我明天要很早就起床去公司，我想早点到公司聆听领导亲切的教诲！

所以那些很多年没有涨过工资没有升过职的人，现在，你们知道这是为什么了吧？

❤ 我想实现你所有的愿望 ❤

赵老师恋爱的时候，想看一本书，哪里都买不到，周老师不但买到了，还在里面夹了一张字条。

小懒：上面写着啥？

赵老师：我想实现你所有的愿望。

木木：哇，周老师居然能做出这么浪漫的事情。

赵老师：对，其实我最讨厌他酒足饭饱后毫不掩饰的震天响般的打嗝声，一点也不控制一下。但看在他这张字条的分上，还是原谅他吧。

丢丢：天啊，我从今天起粉周老师了。

小白：我也是。

阿橙（不服气）：要我说，赵老师，您是被爱情冲昏头脑了。怎么可能呢？周老师也就是嘴上说说，他根本不可能实现您所有的愿望。

丢丢：怎么着，你有什么不满的，赵老师的愿望实现不了，能实现你的愿望呗？

阿橙：嗒嗒，没，别这样，我错了。

周老师：赵老师对我做过的最浪漫的事情，可能和你们说的不太一样。

赵老师：我之前说的，咱俩将来一起死？

周老师：净瞎扯，不可能。我是好人，不可能长命。你是……啊，是吧，你是……你还得继续作，继续祸害人间呢。

赵老师：……

小懒：那您觉得赵老师做的哪件事最浪漫？

周老师：赵老师这个人呢，粗心、马虎、没心没肺、脸皮厚、健忘、嘴馋……

赵老师：你有完没完，不是说浪漫吗，我有那么多毛病吗？

周老师：好了好了，我说重点。但赵老师有个最大的优点，也是我所认为的她最浪漫的一面。

木木：什么？

周老师：就是她不像其他女人那样，结婚了，就认为男人的一切都应该是我的，就应该毫无保留、透明才对。凡是把男人当成私有物品的女人，都大错特错，是蠢材，无知，浅薄！

小懒 & 丢丢 & 小白：周老师，我们不允许你这样骂我们！

赵老师 & 周老师：……

❤ 木木生日收到了玫瑰花 ❤

木木下班回到家。

木木：小懒啊，能跟你商量件事吗?

小懒：你说。

木木：你下次能不能别在我过生日的时候，快递那么多玫瑰到我们公司啊。

小懒：有什么不好吗?

木木：唉，好多同事看着呢，大家议论纷纷的，又一堆人起哄，太招摇，太难为情了。

小懒：这不是你过生日嘛，你都不知道说声谢谢，还这么挑剌，没劲。

木木：别生气别生气，我就随口说说。谢谢老婆在我过生日时送了那么多玫瑰给我。

小懒：别客气，我不过是做了一件希望你能这样做，但你一直没有这样做，所以只好我这样做，希望你能学我这样做的事情罢了……

木木：……

第 五 章

距离小白、莫羡决定要不要离婚，还有八天。

他们的第三个问题是——

吵架的时候怎么办，谁向谁妥协？

❤ 男人都喜欢年轻漂亮的小姑娘 ❤

行业内的八卦：某大佬有了小三，抛弃生活多年曾同甘苦共患难的糟糠之妻，迅速办理离婚，公然和某位年轻漂亮的小姑娘同居，闪电再婚。

小懒知道后唏嘘不已。

小懒：木木，你们男人是不是就喜欢年轻漂亮的小姑娘？

木木：没有啊。

小懒：就是有！就是有！

木木（十分贴心的）：老婆大人，你不要被社会上的不良之风影响，我告诉你，我从来就不喜欢年轻漂亮的小姑娘！

小懒（将信将疑的）：是吗？

木木：对啊，我告诉你吧，我啊，我就喜欢你这样的半老徐娘！

小懒（老子跟你拼了）：……

❤ 让你最感动的话 ❤

小懒和木木答记者问。

记者：请问在这么久的婚姻生活里，小懒对您说过的，最让您感动、最刻骨铭心的一句话是什么？

木木（上班族压力实在大啊）：哦，应该是——老公，你别上班了，我包养你吧。

记者：……呃，喀喀。好吧，谢谢。那么小懒，您记得您先生木木，对您说过的最让您感动的话，是什么吗？

小懒：小懒，这个猪蹄、鸡翅、牛肉干……我不吃，你吃吧（只有吃货才懂的吃独食的快乐）！

记者：……

❤ 一对父子玩捉迷藏 ❤

木木从小到大都喜欢玩捉迷藏，小群也很喜欢。

于是……父子俩只要有时间就一起玩捉迷藏。

一般来说，小群和小懒玩捉迷藏，是这样的情况——

小群：妈妈，你藏起来我找你好吗？

小懒：好的宝贝（迅速找地方藏起来）！

小群（跑出来）：妈妈，妈妈，妈妈？

小懒（引导）：过来找我呀宝贝！

小群（顺着声音从厨房找到妈妈，兴奋的）：哈哈哈，找到你啦！妈妈，你再藏起来，我来找你好吗？

小懒：好的宝贝。

但木木和小群玩捉迷藏时，不是这样的。

小群：爸爸，咱们一起玩捉迷藏好吗？

木木：好的。

小群：爸爸，你先藏，我来捉你。

木木：好的。

正是晚上，木木关掉所有房间的灯，钻到储藏室，还在外面挂上了帘子，遮得严严实实的。黑漆漆的夜，整个房间寂静无声，只能偶尔听到窗外传来的几声猫叫。

小群：爸……爸，爸爸！你在哪儿？（站在客厅里）呜呜呜，爸爸，我害怕！

木木（不吱声）：……

小群（继续站在客厅，不敢移动）：爸爸，我……我觉得有怪兽，爸爸，你快出来，爸爸，你去哪里了！爸爸，黑黑的，我不敢动，爸爸，你在哪儿呀？呜呜呜呜……我害怕，爸爸！

木木（不吱声，纹丝不动）：……

小群：呜呜呜呜，妈妈，快来救命，我害怕，妈妈，妈妈！呜呜呜呜，我以后再也不跟爸爸玩了！

小懒：……

❤ 小懒买的墨镜有点小 ❤

一家三口骑三人自行车，小懒戴上去年买的墨镜，发现有点夹鼻子。

小懒：咦，木木，我的墨镜好像买小了，有点紧。我要买个新的。

木木（翻白眼）：不要脸！自己脸变大了，赖人家墨镜！

小懒：……

❤ 费费回娘家 ❤

费费带女儿在娘家住了段日子，周末跟陈老西视频，陈老西在屏幕那头拿了个变形金刚逗女儿。

陈老西：宝宝，这是什么？

费费（盯着屏幕扫了一眼）：你最近是不是趁我们不在家，又买新的变形金刚了？花了多少钱？

陈老西（大惊）：你怎么知道这是新的？你不是连铁皮和横炮都分不清吗？

费费（怒）：你背后的书架上原来只有半排变形金刚，现在一排都放满了！

陈老西（以后再视频，要慎重选背景墙啊）：……

❤我要当你的女儿❤

有一天，小懒和木木去朋友家做客出来。

木木：小懒呀，你看看，人家老婆收拾得那叫一个干净！

小懒：我从来不拿你跟别人的老公做比较，说人家老公赚多少钱你却赚不到，你为什么要拿我和别人家的老婆做比较？

木木：我不是那个意思啊，我就随口一说。

小懒：哼，我告诉你，每个随口一说，都有认真的成分。

木木：你看你，又多想。你要嫌我啰唆，下辈子一定要做男人，娶个好老婆。

小懒：听这意思，你是下辈子不打算跟我过了？

木木：我下辈子还是要当男人的，你这样的也必须当男人才能幸福，找个好女人给你收拾家，干净又漂亮，多好。

小懒：我可以继续当女人，然后找个好男人，每天给我收拾家，也很好啊。

木木：呃……

小懒：再说了，我请个保洁员就可以了，为什么非要以能不能把房间打扫干净，作为选老婆的标准？你这样说，是对我们广大妇女的歧视！

木木（歪头想了一会儿）：……老婆你说得对，我错了，我再也不敢了。

小懒：哼，算你识相。不过，我想好了，下辈子我不要做男人，我继续做女人，下辈子当你的女儿！

木木：当我女儿干吗？

小懒：让你照顾，让你全心全意爱呗！向你无止境索取呗！让你心力交瘁却拿我没办法呗！（一秒入戏，大喊）爹地！给我零花钱！

木木（没跟上节奏，蒙了）：……

小懒：爹地！我要珠宝！我要漂亮衣服！我要买包包！爹地！给我的账户打一百万！我要谈恋爱！

木木：……

小懒：爹地，你给我准备了什么嫁妆？二环内的房子吗？是别墅吗？爹地我要跑车！

木木（突然对着小懒的肩膀使劲打了一下）：跪下！

小懒（莫名其妙）：你干吗打我？

木木：打你都是轻的！年纪轻轻的，净学了些社会不正之风，要什么珠宝别墅和跑车？自己赚来的才是真本事！（对着小懒的左肩膀，啪！啪！啪！）我让你早恋！（对着右肩膀，啪！）我让你逃课！（左肩膀，啪！）我让你不好好学习！关禁闭，银行卡都拿出来，没有我的同意不许出房门！还是不改的话，我就学我爹，把你装进麻袋扔到海里喂鱼，就不！信！管！不！了！你！（啪啪啪！左肩膀，右肩膀，左肩膀，右肩膀）……

小懒：……

❤ 吵架的时候，谁向谁妥协 ❤

距离小白、莫羡决定要不要离婚，还有八天。

他们的第三个问题是——

吵架的时候怎么办，谁向谁妥协？

小懒：互相妥协吧。彼此要知道对方的底线。底线内，会坚持让他妥协。

而如果我明明知道问题已经超出了他的忍受底线……那应该是我妥协。

木木：呵呵，这样吗？

小懒：你有异议？

木木：你还记不记得上次咱俩吵架，冷战了十五天？谁都没有搭理谁的那次。

阿橙（兴奋地搓手）：哇，你们冷战过十五天吗？

小白：我不相信，你俩天天黏糊糊的，十五天？怎么可能。

小懒（冲着木木咆哮）：我不是跟你说过不要告诉任何人吗！

丢丢：小懒别生气，没什么丢人的，我跟阿橙还曾经一个月谁都没搭理谁呢。

阿橙：才没有，第十八天的时候，咱俩说过两句话的。

丢丢：对，说了句——滚，别再带着多多玩游戏了。

阿橙：那啥，木木，你跟小懒因为什么吵架？还吵得那么厉害。

木木：结婚差不多七年时，对，七年之痒。小懒老看我不顺眼，每天对我各种抱怨和指责。

小懒：滚！我才没有！

木木：你看你，到现在还不承认。那一段时间，我就好好地坐在沙发上，你一会儿批评我洗澡太晚，一会儿又骂我不看书，上午的架还没打完，你又挑剔我踢足球太多……就连我抖腿你看着都烦，觉得引起沙发震动了，你不舒服！

小白：真的啊，天啊，没想到你俩的甜蜜只是表象，你俩击破了我对爱情的幻想。

小懒：呃，好吧，我承认，那时候确实不知道咋回事，就觉得他做的很多事情，让我无法忍受，就想把他好好改造一下。他的为人处世、生活习惯、言谈举止……就想按照我所设想的去改造他。

丢丢：哎，我也有过这个打算。

小懒：尤其是，当你兴致勃勃地跟他讲述一天中发生的各种趣事，或心中有什么困惑想跟他分享和倾诉的时候，他连一个字的回应也没有……七年的婚姻啊，激情、新鲜感什么的，也没剩下多少。我觉得这件事很可怕，就开始了对木木的改造，但是遭到了他的负隅顽抗。

阿橙（竖大拇指）：木木好样的，真给咱们男人长脸。

木木：呃……

小白：后来呢?

小懒：有一天我俩吵得不可开交，在我愤怒地喊出了一句话后，我俩冷战了十五天。

丢丢：什么话?

小懒：很简单的，五个字。但是他认为我挑战了他的底线，恼羞成怒，发了狠心半个月没理我，后来还是在很偶然的情况下，发现我俩吵的其实是一个乌龙架，是他听错了。

阿橙：你说了啥?

小懒：我说——你气死我了!

丢丢：这……也太温和了。就这?你俩冷战十五天?

木木：对，但我听成了……你去死吧!

小白：你什么耳朵!你不但普通话烂，听力还烂!这差着明明有十万八千里。

木木：可能在气头上吧，一想，小懒居然咒我死，实在不能忍。

阿橙：那你是怎么确认自己听错的呢?

小懒：十五天后，我熬不住了，主动问他，他特别愤怒地问我——为什么那么恶毒、绝情?

阿橙（看热闹不嫌事大）：会不会小懒说的就是“你去死吧”，你找她对质时，她没脸承认，编了个瞎话呢?

小白：……

木木：可能性很低吧，因为我俩吵架时，我妈在场……

小懒：所以我们就这样吵了个乌龙架……整整十五天……是不是很无聊，很亏……

众人：……

❤ 妈妈，请你不要和我分开 ❤

小群刚进幼儿园的时候，适应了很长一段时间。

得知要和妈妈分开，小群哭得很是凄惨，被老师强行抱走，使劲扭动着小小的身体，几乎是用整个生命在挣扎。到后来，知道挣扎无用，抱着老师的脖子哭得绝望而无助，身体一动不动。

有天晚上，小懒哄他睡。

小群：妈妈，请你不要和我分开。

小懒：宝贝，妈妈知道了，知道分开时你很难过，不过妈妈很快就去接你了。

小群（不为所动）：妈妈，你知道吗？

小懒：嗯，宝贝，我在听。

小群：妈妈，我觉得，和你分开，是怪物。

小懒被小群的这句话深深震撼。

小朋友的语言最是干净无瑕，有着成人完全不会想到和说出口的想象力和力量。

——妈妈，我觉得，和你分开，是怪物。

这是小群在三十四个月大的时候说出来的话，没有任何文字能够与这句话相比拟，原来在他的心中，与妈妈分开，是这样的可怕和让他无助。

❤ 一起来拼字 ❤

同某作家朋友F约好了晚上九点写文拼字。

时间一到，小懒赶紧关了淘宝网页，清理了一下写字桌前的零食和水果，打开 Word，刚把 Word 字数截图发到作家朋友的 QQ 上，突然看到 F 匆匆发过来一句话——

“小懒，我今天晚上不能拼字了，我老公回来了。”

这这这，不带这样的好吗？我都准备好了，怎么能这样抛弃我呢？

小懒非常沮丧，因为无人拼字，一时无任何写作的动力和欲望，正发牢骚时——

木木：小懒，这有什么可沮丧的。还好你只是跟 F 拼字啊！

小懒（迷惑的）：你在说什么？

木木：如果你是在跟 F 偷情，你现在就得迅速穿上裤子穿上衣服，从窗户跳下或者躲到床底下。可是呢，你们还好只是拼字呀，所以你现在只需要把 Word 关上就行了。

小懒：……

❤ 失眠问题 ❤

小懒失眠了。

她深深认为，睡眠简直像恋爱，绝不能分手断开一次，不然就很难再续前缘。

某天，木木决定关心一下自己老婆的失眠问题。

木木：小懒，今天你热恋了吗？

小懒：没……

木木：怎么，又没睡好？

小懒：今晚的睡眠，就像恋上男神。我抛弃所有自尊，不顾任何代价和得失地苦苦哀求他——求求你接受我，为了你，让我做什么都可以。男神十分感动，然后拒绝了我。

木木：……

❤ 普通话不好，就不要在公共场合大声喧哗 ❤

小懒和木木打算给双方父母买个大点的电视，周末闲来无事逛商场。

走至家电三楼，发现商场在做促销活动，人极多，渐渐两人被冲散，很快就不见了木木的身影。

小懒正四下寻找中，突然听到木木的声音——

木木（使劲招手）：小懒，这边！月经贫！

小懒：？？？

木木：快过来！看这个！这个，是我在网上看的那个，月经贫！

小懒（我不认识这货，我不认识）：……

木木（越发大声的）：过来啊！这个，一百零八寸的月经贫！

喧嚣的商场突然安静起来，众人的目光被喊“月经贫”的木木吸引，陆续在他身上锁定。

小懒（忍无可忍，偷偷从商场溜走）：……

小懒今日心得——普通话不好，就不要在公共场合大声喧哗好吗？如果时光能够倒流，她一定要将木木的舌头撸直，直到他能把“液！晶！屏！”三个字说好了再嫁给他。

在普通话不标准这件事上，钻戒、汽车、房子什么的，就是浮云。

❤ 改造失败 ❤

恋人刚在一起的时候，都希望把自己最美好的一面，展示给对方看。

而在热恋的过程中，又把很多自己关于“完美恋人”的幻想，寄托在那个人身上。

丢丢：所以，小懒，你后面放弃了对木木的改造吗？

小懒：显然。

丢丢：为什么呢？

木木：当然是因为我坚决拒绝改造，小懒没办法了呗。

阿橙：给力给力！

小懒：才不是。是我偶然看到一本杂志，里面突然有句话让我顿悟，当时就释然了。

小白：哪句话？

小懒：爱情并不是球赛或游戏，可以因为你的激励，而让他奋发图强。如果你够了解男人，就会彻底发现，幸福的真相有一个很基本的逻辑——爱，就是容许他，做自己。应该是《皇冠》杂志，但作者是谁忘记了。

丢丢：所以小懒其实是个文艺少女。

木木（愧疚而感动的）：小懒，我都不知道原来你是因为这个突然放弃改造我。谢谢你……我以后，我以后会多体贴你一些的。

小白：算你有良心。

小懒（难为情的）：除了这个，其实也有别的原因。

木木：还有别的原因？

小懒：嗯，就是当我想改造你时，却发现把你推得越来越远，那段时间觉得咱俩简直隔着天涯海角，而这完全违背了我的初衷。尤其有一天，我发现你也想改造我时，我连离婚的心都有了，就坚决地放弃了这个想法……

木木：唉，小懒，既然你这么坦诚，那我也招了吧……其实我当时早就扛不住了，尤其是你定的规则，冷战吵架时，我不能吃你做的饭，也不能吃你买的水果。就冲这两点，我也扛不了几天啊。所以其实……那本杂志……其实……是刚好我们公司同事从台湾回来，讨论要不要与杂志合作的事情，我随手一翻，就翻到了那页……

丢丢：……

小懒：所以，是你故意把那本杂志放在我的写字桌上的？

木木：是的……你说你知道我的底线，我当然也知道你的底线。对于你这种文艺少女，还有什么办法比这个更有效呢？

小懒：你给我滚！

众人：……

❤ 炎炎夏日，熊孩子太闹腾 ❤

天气太热。

熊孩子们放了暑假，家里顿时变成战场。

有人说一个女人等于五百只鸭子，小懒和丢丢认为，一个男孩等于两千只鸭子，而两个男孩等于五千只鸭子。

各种电动玩具的声音，男孩们打闹追跑的声音……

让人心烦气躁想要爆发的点，一直沸腾着。

丢丢（看着小群和多多在房间里闹腾的场景，崩溃的）：啊啊啊啊，赶紧开学吧，我要开香槟庆祝。

小懒：不用开香槟，我有办法。

丢丢：什么办法？

小懒：多多，小群，我们做个游戏好不好？

多多：什么游戏，好玩吗？

小群：你先说，我听听再决定玩不玩。

多多：对，小群说得对。

小懒（迅速切好一盘黄瓜片）：天气这么热，你们要不要做个纯天然面膜呢？

多多（似懂非懂）：这能干什么？

小群：什么意思？

小懒：这个黄瓜很贵的，贴在脸上，凉飕飕的，你们就不会那么热了，同时给面部补水，又增强皮肤的防御能力，可好了。

丢丢：对啊，对啊，话说我也想试试。

多多 & 小群（犹豫中）：……

小懒：我家就这么一点黄瓜，只能给两个人贴面膜，给谁贴好呢?

小群：我我我我我!

多多：我也要！我也要!

十分钟后。

小群和多多平躺在沙发上，脸上贴满了黄瓜片，小手时不时摸摸黄瓜片，一动不动。

小懒：千万别动啊，否则会掉下来的。

丢丢（享受着安静的氛围，暗暗竖起大拇指）：高，实在是高!

小懒（得意地笑）：哪里哪里，客气客气!

❤ 鼓励表扬为主 ❤

小群两岁多时，小懒看到育儿专家说，小孩子的教育，要以鼓励表扬为主，而且要表扬得详细、具体。

相比“你真棒”，更应该说“你都会自己穿鞋啦，真棒”。

所以全家一直在鼓励小群：

“哇，小群都能自己尿尿了，真厉害呀！”

“哇，小群都不尿裤子了，好棒啊！”

小群听了很欢喜，于是喜欢自己大小便，完事后还会夸自己，说：“妈妈，我都会自己尿尿啦。”

话说这天小群自己小便完毕后，开心地说：“爸爸妈妈，我都会自己尿裤子啦！”

木木＆小懒：……

❤ 考验夫妻是不是心有灵犀的时刻到了 ❤

好朋友们一起吃日料，丢丢、小懒、小白与阿橙、木木、莫羡相对而坐。

小懒脱了鞋坐在榻榻米上，突然想起电视剧里女主角最擅长在桌子底下用脚钩男人的腿，神不知鬼不觉，表面故作正经，实则开放得很。小懒迅速入戏，假装自己是在跟情夫偷偷幽会，暧昧地钩了一下对面木木的腿。

小懒（快，木木，考验夫妻是不是心有灵犀的时刻到了，快点暧昧地回应我啊）：来来来，大家吃！

木木（突然大叫，狠狠地瞪着小懒）：你踹我干吗？

小懒：……

丢丢＆小白：……

阿橙＆莫羡：？？？

❤ 赢了你，输了世界又如何 ❤

小群放学回来，说竞选班长失败了。

小懒：那你肯定很失落和难过吧？

小群（垂头丧气的）：嗯。

小懒：那我抱你一会儿？

小群（点点头）：好。

小懒：最后谁竞选成功了？

小群：QQ。

小懒：噢，那个梳很好看的辫子的漂亮女生。

小群：是，她可厉害了，二十多票呢，我才三票。

小懒：真是厉害，她为啥这么多票？

小群：她上次做班长做得好呗，上次她就是二十多票。

小懒：原来如此。这次谁投你了？

小群：QQ 还有 ×××，××。我上次竞选卫生委员就差一票，十三票。结果 QQ 没来，她跟我关系好，肯定会投我的。还有我的好朋友 CC，没想到他也不投我。

小懒：为啥？

小群：他老吐口水，我那天生气了，因为这事跟他吵架了。

小懒：你做得挺对的，吐口水太恶心了。

小群：是的。不过，今天有个很重要的东西，我要给妈妈看。

小懒：是什么？

小群：是 QQ 送给我的，全班她只送给了我。

小群匆匆跑到客厅，拿着一张贺卡回来。

一张橙色彩纸做的卡片，封面用黑色水笔歪歪扭扭地写着：

我最喜欢林小群——QQ。

打开卡片，画着一个简易的房子，一个小男孩，一个梳着辫子的小女孩。

下边标注着：林小群和 QQ。

房子最上方写着：林小群和 QQ 的家。

小懒：天啊，好可爱。你喜欢 QQ 吗？

小群（害羞地点点头，在房间里跳来跳去，似乎在掩饰自己的难为情）：喜欢。

小懒（安慰的）：儿子你看，虽然你没竞选成功班长，但得票最多的 QQ 喜欢你啊。这就叫——赢了你，输了世界又如何！

小群：这样吗？

小懒：嗯。

木木（默默听着，已疯）：……你不能这样跟孩子说话。

小懒：有什么，良好的恋爱观，要从娃娃抓起。

木木：我还是觉得不好。

小懒：怎么不好，班长的男朋友，要比班长更拉风啊。

木木：……

❤ 单方面的妥协 ❤

周末的早上，阿橙把多多送过来，拜托小懒照顾。

阿橙：你家木木呢?

小懒：带着小群看演出去了。咋了？丢丢呢?

阿橙：……离家出走了。

小懒：啊，为什么?

阿橙：嫌弃我不带孩子呗。

小懒：这件事我绝对挺丢丢。你平时早出晚归，根本没时间管多多。从幼儿园到小学，学校的课，还有培训班的课，都是人家丢丢接送。当年丢丢正处于事业上升期，为了多多，直接把工作辞了，就冲这个，不论是育儿还是家务，你都应该多分担。

阿橙：是是是，祖奶奶。这些我知道。我也想周末陪多多，但这不是多年不见的高中同学聚会吗？我没法推辞。结果我刚跟丢丢说完，她大骂了我一顿，转头就走了。留下我跟多多……

小懒：那你赶紧去哄丢丢，把人乐呵呵地哄回来。多多你就带着去跟同学聚会，我也有事。

阿橙（欲言又止）：行吧。我问下……

小懒：啥?

阿橙：如果我先去跟同学聚会，完事再去哄丢丢，你觉得可行不？我快来不及了。

小懒：不行。

阿橙：祖奶奶，我真有难处。

小懒：让你同学多等一会儿。（假装非常无奈的样子）唉，算了，谁让咱俩是朋友呢，我帮帮你吧。丢丢不让我告诉你，其实她去做头发了，约了我一会儿看电影。要不然等她过来找我，你就赶紧示好？

阿橙：行，够意思。

十五分钟后，丢丢来到小懒家里时，阿橙已经躺在沙发上睡着了。

丢丢：你跟他说了我会来吗？

小懒：皇后娘娘，您吩咐的我能不照办吗？你俩吵架，把我折腾个够呛。再这么下去，我都能改行当演员了。说好了，我只负责把他留在这里，具体的你自己搞定啊。

丢丢：行。

丢丢突然打开小懒家的门，砰地使劲一摔，继而大吼：阿橙，滚！你还好意思在小懒家里！

说完摔门而去。

阿橙（并没有醒，继续睡）：……

丢丢在门外等了两分钟，见没有动静，使劲敲门。小懒开了门，阿橙依然没醒。

丢丢再次突然打开小懒家的门，砰地使劲一摔，继而大吼：阿橙，没想到，你还好意思在小懒家里！

说完摔门而去。

阿橙（仍然没有醒，继续睡）：……

小懒：……

见阿橙依然没醒，丢丢继续使劲敲门。小懒开了门，阿橙依然没醒。

丢丢再次突然打开小懒家的门，砰地使劲一摔，继而大吼：阿橙，你还好意思在小懒家里！

这次她没有直接摔门而去，而是晃动着门上的把手，使劲晃来晃去，然后，在房间内，使劲把门摔了一次又一次。

砰。

砰。

砰。

小懒没有办法再等下去，再等下去……门就坏了啊，于是直接把阿橙推醒。

没想到阿橙仍然不醒。

呵呵呵，两口子真行，居然都在演。

小懒不动声色地把鞋柜里木木的臭袜子拿出来，放到阿橙鼻子下。

阿橙（迅速醒过来，歪着头躲过臭袜子，装作刚醒的样子）：咦，丢丢，你来了?

小懒：……

丢丢（装作要往外走的样子）：这事我跟你没完!

小懒（假装不知道似的，赶紧拦住丢丢）：……有话好好说!

阿橙：哎呀，老婆我错了，我答应你，以后不论发生什么事，周六、周日我都会带着多多出去，单独陪伴他的。你别生气了，好吧?

小懒：得了，丢丢。原谅他吧，多多还在儿童房呢，别让孩子看到你俩发这么大的火。

丢丢（假装勉为其难地叹口气）：看在小懒和多多的面子上，我就原谅你了。

小懒：阿橙，我可不是为了你，我这是看在丢丢和多多的面子上，否则我才懒得帮你。

阿橙、丢丢和多多一家三口终于离开了。

临走前——

阿橙（凑到小懒耳边）：你哪里是看在丢丢和多多的面子上，你是怕你家门被摔坏吧?

小懒（装作听不懂的样子）：啥?

阿橙：小懒，你放心，单方面的妥协，我一个人是不可能做到的。关键是，我知道丢丢虽然作，但她不是那种往死里作的女人。她一定会给我留出线索和余地，否则作女会武术，我也挡不住啊……

小懒（这两口子太会演了）：……

❤ 乐高鬼屋 ❤

大家在阿橙家聊天。

多多十分兴奋地拉着小懒的手——

多多：阿姨，这个乐高鬼屋，看到了吗？我爸死了的话，就是我的了。还有这个，幻影忍者和未来骑士团系列，他死了的话，都给我。

小懒 & 木木：……

丢丢 & 阿橙：……

❤ 聊聊他人的优点 ❤

小懒拆开朋友快递来的野生榛子，在大锅里炒得喷香喷香的。小懒和小群席地而坐，边用锤子砸榛子，边聊天。

有的砸的力度刚刚好，能得到一大颗完整的白脆的果子，有的力度过大，碎成一片片渣。

仅仅是吃到一颗，就像是吃了一大把浓香的瓜子仁。

小群：太好吃了。

小懒：我们聊聊大家的优点吧。先聊你自己的。我觉得，你很喜欢吃水果，也不挑食。

小群：是啊，我告诉你，我在幼儿园吃饭时，感觉不好吃的，我就先闻闻，然后盛一点儿，确实不好吃，我就不盛了。好吃的，我就多加一些。

小懒：真厉害呀。我觉得你玩乐高越来越熟练了，能独立组装很多系列。而且带到幼儿园后，能够很好地保管，很少丢零件。即便丢了，你也不哭不急。

小群（得意的）：而且，我告诉你，我答应妈妈的事，我能做到。比如我说看一集动画片，结束的时候我就会主动关掉，不需要妈妈监督。

小懒：是的，我以你为荣。

聊了一会儿，夸足了小群——

小懒：那么，聊聊你的好朋友 RR 的优点吧。

小群：他很冷静，做事不急。

小懒：你观察得真仔细。

小群：他跑得很快，有时比 MM 跑得还要快。但是他有个缺点，我跟你讲……

小懒暗暗想着，没有说话。说好讲优点的，要不要引导呢？

还是不要。因为小懒也很八卦地想知道 RR 的缺点是什么呀。

这么想着，小家伙已经站起来——

小群：每次有小朋友打 RR 时，他都不跑。他都是等着人家打他，好让老师看到，这样就可以让老师解决问题了。

这样说着，他眉头紧皱：我觉得这样不好，会让自己的身体受伤，他可以跑开，同样能让老师解决问题啊。

小懒：这样啊，你说得很有道理。那么，MM 的优点呢？

小群：他更厉害了，他搭不出乐高的时候，不生气也不着急，自己想办法。而且有人嘲笑他，说他坏话时，他根本不在乎他们的话。

小懒：哦，真厉害，好佩服他。那么 DD 呢？

小群：有时候小朋友们一起玩，发生不愉快的时候，他就故意做鬼脸，逗大家笑，缓解尴尬紧张的气氛。

小懒：太厉害了。那么，说说 C 老师的优点吧。

小群：C老师啊（认真想了想），小朋友们发生纠纷的时候，她能够帮助大家解决问题，不让别人欺负我们。

小懒：嗯，能够为大家主持公道的老师真棒啊。

这样聊着，半袋子榛子敲完了，除去吃掉的，还剩小半盘子，小懒突然想起来，还差一个人。

于是她问小群：那么，妈妈的优点呢?

小群：妈妈的优点?（想也没想）你说到做到，从不让我失望。比如说，周日的时候，你说中午回来，果然中午就回来了。你总是想很多好玩的事情跟我玩……

唉，小懒就这样不争气地，湿了眼眶。

小群并没有发现妈妈湿润的眼睛，仍专注地拿着小铁锤砸着，嘴里说：妈妈，这样边砸榛子边聊天，真有意思呀，妈妈。

❤ 永不妥协与第一时间妥协 ❤

难得放假，所有人都很累。丢丢洗完了衣服，去拖地，拖完地准备午饭，吃完饭洗碗，辅导多多做假期作业……而阿橙，一直在捣鼓他的乐高，要么就玩游戏。

男人就是这么讨厌，他始终把自己和自己的爱好放在第一位。眼里始终没有任何活儿。你给他派活儿，他说你少吩咐我命令我。你不给他派活儿，他便永远不用干任何活儿。

丢丢说，那是她特别心寒的一次，打算这辈子都不和阿橙说话了，实在不行，离就离吧，也许离了做单身妈妈都比现在要快乐。阿橙很多次妥协，示好，但她还是选择了冷战，无视他的示好，于是冷战的时间拖到了一个月。

可是后来怎么解决的呢?

丢丢：多多上学，要他接送，上培训班，要他接送。还要让他准备班主任让带的各种东西、辅导孩子的作业……总是要说话的。

小懒：我理解，都是成年人了，各自立场不同，老夫老妻的，早就不像青春年少，或者蜜月期那样，还指望对方道歉。

赵老师：所以，因为孩子的问题，总是要说话，结束冷战的。但话虽然说了，问题却并没有解决，只是先横在那里，大家小心地避过去，生活也在继续。但可怕的地方在于，类似这样的问题，搁置太久，越来越多，终有一天要爆发的。

丢丢：是的，所以没准哪天我跟阿橙就离婚了，你们不要意外。

阿橙：……

小懒：丢丢，不要这样，阿橙如果再这样，我们帮你揍他！

阿橙：老婆，我真的知道错了，我一定改。

丢丢：呸，你改个屁。有些事情，你虽然就态度上进行了妥协，但行动上，并没有。治标不治本。

阿橙：呃……

赵老师：我们家呢，必须周老师先妥协，然后我再道歉。

小懒：这充分说明，周老师是个非常绅士，且疼老婆的人啊。

小白：羡慕。

丢丢：我们一直是周老师的粉啊。

木木 & 阿橙 & 莫羡：哼！

周老师（马上要成为男人的公敌）：我只是觉得，如果我不妥协，赵老师势必不可能冷静，就会一直处于斗牛见到红布的状态，我做什么，她都觉得我是红布……

赵老师：滚！

周老师：我妥协，是为了让她冷静。所以你们看，只要我们男人愿意，主动权还是可以掌握在我们手里的。

阿橙：这个跟我的原则倒是很像，早妥协早结束战斗。丢丢，我以后真的会改的，我会从骨子里认识到自己的错误，让你治标又治本！你一定要相信我，不要抛弃我啊！以后家务活我包了，孩子接送我管了，辅导作业全是我了，行吗?

丢丢：我呸！鬼才信你。

小懒：戏精!

阿橙：以后看我的行动！本来我一直恨周老师，觉得他表现太好了，搞得我们这些人很差的样子。

木木：对啊，但就冲“失去理智的女人们，就像斗牛见到红布”这个比喻，周老师，给您满分，从今天起，我也是您的粉了。

阿橙：我也算一个!

莫羡：还有我!

小懒：呸呸呸！滚滚滚!

丢丢：呸呸呸！滚滚滚!

小白：呸呸呸！滚滚滚!

❤ 男人给的安全感 ❤

再好的男人给你的安全感，也比不了你腹泻时，十米之内有厕所。

——摘自《小懒日记》

❤ 小白的妥协 ❤

小白那天回来得比较晚。

麻辣烫店有个女服务员小童，平时总迟到早退，她早就想开除对方。但莫羡不同意，莫羡的理由是，小童是单身妈妈，理应多加照顾。

小白更愿意以别的方式帮助小童，比如平时给她多打包一些饭菜，或者给予交通补助。迟到早退，就算大家理解她是单身妈妈，也会影响“军心”。大家会觉得不公平，从而影响工作积极性。

两人为这件事吵了很多天。

小懒：后来呢？

小白：后来以我妥协结束。不怕你们笑话，其实我俩不论发生什么冲突，做出妥协的，永远是我。

阿橙（羡慕的）：这，人家莫羡……啧啧……

丢丢（剜了阿橙一眼）：真的假的？

木木：不可能吧？

小白：结婚之前，我俩公私是分明的。结婚后突然什么都不对了，小到平时吃什么菜，休息了去哪里玩，看什么电影……但凡出现冲突，绝大多数情况下，都是我妥协。然后就开始殃及工作……

小懒：你个尿货，至于吗？

丢丢：因为是你主动追求的他，所以就得一直处处迁就，低声下气？

木木：小白，这点你就得学习学习你姐，你看看，当年明明也是你姐追求的我，你看看她现在，天天在家里傲娇成什么样了。

小懒：……

小白：所以这世界上，只有一个木木，也只有一个莫羡啊。

木木：我能理解成你在夸我吗？

小白：可能当时为了跟他在一起，我姿态放得有点低。也可能是因为我爱得比较多，想想，算了，让着他吧。否则我不妥协，问题一直横在那里，就只能分手。

丢丢：所以爱人先自爱。咱们别等到几天后了，现在离了得了，真是看不下去了。

小白（悲观无力的）：我会不会丢了广大女同胞的脸？是不是只有我一个人对自己的老公单方面妥协？

木木 & 阿橙：是！

丢丢：也不能怪莫羡，他一点儿也不想恋爱，你非要飞蛾扑火似的扑上去，然后还怪火太热……

小白（如释重负的语气）：火热，那我就趁这条小命还在时，赶紧撤出来呗，我倒是有点期待“大龄单身离异女青年”这个身份了。

阿橙：有魄力！我就是佩服咱小白这股劲儿，赢得起、输得起，拿得起、放得下。

小白：今天店里有个常来的帅哥终于鼓起勇气要了我的微信，妹妹我，还是很受欢迎的。

小懒：你已经答应跟对方交往了？

小白：没有没有，要我微信的多了去了。再说，好歹也得离了之后，这点原则我还是有的。不过，你们猜猜看，莫羡对我做过的最浪漫的事情和最让我深恶痛绝的事情是什么？

小懒：什么？

小白：他以为是跟我结婚，以及从不对我妥协。但其实是……

木木：其实是什么？

小白：最浪漫的，是莫羡答应我，如果最后很伤感情，店也没法继续做下去，他就把自己的股份全部送给我，他离开。离开这个店，也离开我的生活圈。

丢丢：嗯，莫羡还是有一些可取之处的。

小懒：最深恶痛绝的呢？

小白：也是这件事。

木木：为啥？

小白：我要是接受吧，显得我是个恶人，对他不公平。可我要是不接受吧，退钱给他，又不甘心。这么大的便宜我为什么不占？本身我付出的也多。

阿橙：……女人真是难伺候。

木木：那你希望莫羡怎么做呢？

小白：我希望他留下一封信和股权转让同意书，像电影里演的那样，“小白，当你看到这封信的时候，我已经离开了……”以我完全无法拒绝，旁人也无法看到我为难和纠结的样子的，且不会显得我是恶人的那种姿态离开。

小懒（我妹妹啥时候吃过亏）：……

阿橙 & 木木：……

丢丢：……

❤ 玩具的归位 ❤

小懒让小群给自己儿童房的玩具归位，他推迟了两天，直到保洁阿姨过来打扫，也没落实。

小朋友上学临出门前，小懒装作很遗憾的样子——

小懒：你的玩具，看来只能让阿姨归位了，不过会很麻烦，你自己归位的话，就能知道每个玩具在哪里，方便查找。而阿姨归位的话，会以她自己的方式归位，会很难找哎。

小懒的目的，当然是希望他自己好好归位。

唉，人生如戏，全靠演技。

没想到熊孩子开心得差点蹦起来——

小群：太好了妈妈，我以后可以玩“找找我的玩具在哪里”的游戏了。

小懒：……

第 六 章

距离小白、莫羡决定要不要离婚，还有七天。

他们的第四个问题是——

夫妻之间到底靠什么来维持长久的关系?

❤ **梦到与艺人谈恋爱** ❤

小懒带着小群追真人秀节目，被其中某位导师迷得神魂颠倒的。

翌日起床，他们又打开数字电视一起看。

小懒：啊，小群，妈妈昨天居然梦到了跟 ××× 谈恋爱，真是日有所思夜有所梦。

小群：××× 啊？那个特别酷，点评也很幽默、到位的吗？

小懒：嗯。在梦里他对我可好可好了，我俩在一起可甜可甜了。

小群（天真无邪）：嗯，我也喜欢他。妈妈的眼光好厉害！

没多久，木木起床。

木木：小群，你在看什么？

小群：真人秀啊。

木木：哦，好看吗？

小群：当然好看了，你看，我最喜欢 ××× 了。

木木：谁？

小群：就是跟妈妈谈恋爱的那个啊。

木木：啥啥啥？

小懒（咋解释）：……

❤ 我以后再也不跟你玩了 ❤

小群小时候，但凡和木木在一起玩，通常玩不到五分钟，就会在“我以后再也不跟你玩了”“妈妈，我不跟爸爸玩了，我跟你玩”“妈妈，爸爸是大坏蛋”“呜呜呜呜，妈妈，爸爸欺负我”“呜呜呜呜，你走！你走！爸爸你走”……的哭叫声中结束游戏。

不得不说，木木在“一分钟弄哭亲生儿子”这方面，有着很特别的天赋。

举个例子。

如果是小懒和小群玩，一般来说，事情会是这个样子——

小群（手拿电动枪，对着妈妈）：嗒嗒嗒嗒嗒嗒！

小懒（作中弹身亡状，身体不断晃动）：啊！

小群（右手高举，奶声奶气，大笑）：哈哈哈哈！

但换成木木跟小群玩时，就不是这个样子了——

小群（手拿电动枪，对着爸爸）：嗒嗒嗒嗒嗒嗒！

木木（抢过小群手里的枪，对着小群扫射）：嗒嗒嗒嗒嗒嗒！

小群（目瞪口呆）：你你你！爸爸你不许抢我的枪！

木木（把枪还给小群）：我是大坏蛋呀，我专门抢小朋友的枪！

小群（无奈的）：……我叫警察抓你，不许抢我的枪。

木木：好吧。

小群（手拿电动枪，对着爸爸扫射）：嗒嗒嗒嗒嗒嗒！

木木（仰天长笑）：哈哈哈哈，我才不怕你！

小群：你倒啊，爸爸，你倒在地板上啊，你被我打死了！

木木：哈哈哈，我穿了防弹衣！我还穿了软猬甲！我刀枪不入！

小群（蒙了）：什么？什么是防弹衣？什么……什么是软猬甲？！

木木：防弹衣，就是什么子弹都打不进去的衣服。软猬甲就是什么刀枪都刺不进去的铠甲！

小懒：也不怕热死你，穿这么多！

小群：……我不许你穿这么多，你都脱了！

木木：好的！我都脱了。

小群（手拿电动枪，对着爸爸扫射）：嗒嗒嗒嗒嗒嗒！

木木（纹丝不动）：……

小懒：……

小群：……

小群：爸爸你倒呀！

木木：哈哈哈哈，时间停止！

小群（傻掉）：……妈妈，什么是时间停止？！

小懒：……

木木：时间停止就是现在所有人所有事所有物全部都停下来，动都不能动了。

小群（困惑）：……

小懒：你跟孩子玩，能不能不要这么花样百出？

小群：不许时间停止！

木木（虚心接受）：好的，来吧！

小群（手拿电动枪，对着爸爸扫射）：嗒嗒嗒嗒嗒嗒！

木木（纹丝不动）：……

小群：……

小懒：我替你亲儿子问一下，你为什么这次仍然不倒下？

小群：爸爸你倒下你倒下呀！

木木（在床上又蹦又跳）：哈哈哈哈，你的手枪是假的，我为什么要倒下？

小群（躲到墙角）：我以后再也不跟你玩了，我跟妈妈玩！呜呜呜呜……

小懒：……

小群坐在沙发上。

小群：妈妈，咱俩开开火车吧，我是火车头，你是火车尾。

小懒（坐在小群后面）：好的。

小群：嘀嘀嘀嘀，呜呜呜呜！火车开动啦，哐当哐当哐当哐当……呜呜呜呜！哐当哐当哐当哐当……呜呜呜呜！妈妈，火车开到姥姥家，有人下车吗？

小懒（拿起一个小兔子玩偶）：小兔子下车了！

小群：好的。火车开动啦，哐当哐当哐当哐当……呜呜呜呜！哐当哐当哐当哐当……呜呜呜呜！妈妈，火车开到大海边，有人下车吗？

小懒（拿起一个小熊玩偶）：小熊下车了！

如果跟木木玩，显然不是这个情景。

小群坐在沙发上。

小群：爸爸，咱俩开开火车吧，我是火车头，你是火车尾。

木木（坐在小群后面）：好的。

小群：嘀嘀嘀嘀，呜呜呜呜！火车开动啦，哐当哐当哐当哐当……呜呜呜呜！哐当哐当哐当哐当……呜呜呜呜！爸爸，火车开到姥姥家，有人下车吗？

木木(很快进入角色)：你这火车开得太慢了，快点开！我还要回家喂猪呢！

小懒：……喂猪，喂你个大头猪。

小群：好的，我开快了！火车开动啦，哐当哐当哐当哐当……呜呜呜呜！

木木：你开慢点，我这把老骨头都要散架了！

小群：……

木木：要票吗？

小群：要的。

木木：多少钱啊？

小群（还没有钱多钱少的概念，张口就来）：六七百！

木木：太贵了，我是你爹，走个后门吧，不要票了。

小群（似懂非懂点个头）：行。

木木：你从小就走后门，将来长大可怎么得了！三岁看老！我对你太失望了！

小群（终于大哭）：呜呜呜呜，妈妈，我再也不要跟爸爸玩了，妈妈，我以后只跟你玩！

小懒：……

木木：……

❤ 待产包里最不实用的东西 ❤

论坛里有个投票——“孕妇去医院待产，待产包中最不实用，完全不需要带的东西是什么”。众望所归地，“老公”名列榜首。这个投票实在太真实了。

小懒想起小阔的出生。

那是二〇一八年三月三十一日，快发动时，小懒有了规律的宫缩，五六分钟一次。小懒打给医院，医院回复说二胎产程会比较短，一再叮嘱小懒尽快去医院，他们已经准备好小懒的病历，在急诊室等候。

小懒（当下心中有底，扶着墙站稳）：木木，快拿上我衣帽间里小鸭嘴的待产包，赶紧走，小阔等不及要出生了！

木木（慌乱的）：好。

然后——

然后，卧室里传来了电动剃须刀的声音。

嗡嗡嗡。

嗡嗡嗡。

嗡嗡嗡。

……

小懒（忍受着宫缩带来的一阵又一阵的疼痛，虚弱地靠在墙上）：你在做什么？

木木（淡定从容的）：我在刮胡子啊！

小懒（呵呵，你是在逗我吗）：啥？

木木：刮胡子。

小懒：我能采访你一下吗？你老婆，我，你俩娃的妈，眼看要生了，你在刮胡子？

木木（困惑的）：有什么不对吗？

小懒：有什么对的吗？

木木：你生宝宝肯定要住院吧？

小懒：所以？

木木：我肯定得照顾你，守着你，寸步不离吧？

小懒：？

木木：顺产至少得住院三到四天吧？

小懒：？

木木：既然我四天都得待在医院，我肯定没空刮胡子吧？所以我现在必须得提前刮了啊。

小懒（现在休掉这个人还来得及吗）：……

❤ 一起煮鹌鹑蛋 ❤

小懒跟小群一起煮鹌鹑蛋，有气泡不断从每个鹌鹑蛋的蛋壳里蹿出，形成一股小气柱，咕嘟咕嘟地迅疾地升腾着。

小群（表情极为惊讶）：妈妈，不得了，你把鹌鹑的灵魂都煮出来了。

小懒（熊孩子你最近都在看什么书）：……

❤ 博士生的暗恋 ❤

在国内某所有着百年历史的教育部直属的全国重点大学任教，专业主攻数据挖掘的陈老西——费费的书呆子老公，在听说了莫羡的故事后，心血来潮，也想和大家分享一个关于暗恋未遂的故事。

主人公是陈老西曾经带过的一个本科生小迪，一九八八年出生的小帅哥一枚，在美国某高校读博，开英菲，泡 lab（实验室），在顶级期刊发表过的论文比谈过的女友多（后者为零，好悲剧）。陈老西曾经评价小迪说：他就是为学术而生的。

某天陈老西和费费，以及自己的学生小迪在聊天。

三人聊起了暗恋，但奇怪得很，记录成文字，内容读起来全部都让人觉得自己是不是有阅读障碍。

以下内容，请大家做好思想准备。

费费：小迪，你有女朋友吗?

小迪：呜呜呜呜，没有，我都没谈过。

陈老西：不会吧，你在 Z 大的时候挺风光的，没有 MM（指女孩）追?

小迪（酒后吐真言）：那时我喜欢隔壁班的女神，我现在还很喜欢她。

费费：那你就没和她表白?

小迪：本科的时候，我觉得自己很差劲，不敢说。后来我到美国了，觉得自己混得还不错，千辛万苦找到女神的微信去表白，结果女神说——请问，你哪位?

费费（无比同情）：后来呢?

小迪：后来聊了半天，女神终于想起我是谁了，然后说，她有人照顾了。

费费：那你就放弃吧，寻找新目标。

小迪：呜呜呜呜，我不甘心啊。这就像投 paper（论文），我都还没被 first review（初稿审核），就被 reject（拒绝）了。

陈老西：你有没有问女神，reject comments（拒绝意见）是什么?

其实当陈老西问出这问题时，费费已经觉得他很脑残了，结果没想到小迪同学还有更脑残的回答……

小迪：当然问了。没有 reject comments（拒绝意见）我怎么去 modify（修正）。

费费（一口咖啡喷出来）：……

小迪（继续伤心）：我问她，我哪里不好？结果女神说，不是你不好，是 timing（时机）不对。这算什么理由嘛。投 paper 的时候，这期满了，还可以上 waiting list（候选名单）的。

陈老西（终于说人话了）：小迪，想开点，以你的质素，总不至于去当备胎吧。回头我们托朋友帮你介绍吧。

小迪（迷茫）：陈老西，你是说找女朋友需要 weak tie social network（弱联系社交网络）才能有发展吗？

费费（迷茫）：这什么玩意儿？

陈老西（鄙视的样子）：strong tie（强联系）和 weak tie（弱联系）是 Mark Granovetter 利用社交网络理论分析出的一个理论，所谓 strong tie，亲友、同学、同事，就是大都识于微时，年纪、社会地位、社交圈子、能力都与自己相差不远，而 weak tie，泛泛之交，与自己的分别就很大，往往能让自己打进原本不熟悉的社群，为自己的事业带来新发展。明白了？

费费（晕倒在一旁口吐白沫）：……

❤ 阿橙又被揍了 ❤

小懒：丢丢，你今天为什么揍阿橙？

丢丢：我和闺密合影时，他居然在一边大喊“收腹”。

小懒：多贴心啊，人家担心你没有收腹，照片拍出来难看，这你还打人家，太不讲理了。

丢丢：可是，他喊之前我已经收过腹了啊……

小懒（家乡有句俗语，不打馋的，不打懒的，专门打那不长眼的）：……

❤ 找女朋友的方程 ❤

小迪暗恋未遂。

费费在微信上给小迪打了个相亲的小广告。很快，就有同事想把她朋友的女儿介绍给小迪。女孩很漂亮，干净秀丽，只是只有大专学历。

费费：小迪，照片看啦，感觉如何?

小迪：美女，美女！

费费：我同事问你，介不介意她的学历。

小迪：我找女朋友的方程是attractive level（吸引力水平）=beauty level（美丽程度）×education level（教育程度）×income level（收入水平）×personality discipline（个性修养），所以，如果beauty level高的话，education level低一些，也不影响最终结果的。

陈老西：那这些crieria（标准）中，你的objective function（目标函数）是啥?

小迪：当然是beauty level啦！我是外貌协会的！

费费：那个……啥叫目标函数?

陈老西：就是这些变量中，你所关心的、希望保持在一定程度的那个项目。

费费：……

❤ 来看大演出 ❤

处在青春叛逆期的小外甥来北京玩，木木说要带他去看个大演出。

小外甥（开心、兴奋极了）：舅舅，你真好，舅舅，我爱你！

接着，小外甥迅速登录微博、微信、QQ 空间——

“我要去看大明星的演唱会啦！”

小懒不忍心告诉他，一向酷爱历史片和纪录片的舅舅，要带他去看的，其实是——“纪念抗战胜利暨世界反法西斯胜利七十周年，总政歌舞团《铁道游击队》”……

此大演出，非彼大演出。

❤ 如何拒绝他人 ❤

晚上小懒陪小群睡，小群聊起班里有个小男孩，总是跟别人要东西。

小群躺在床上，回想起学校的事情，仍旧气呼呼的。

小群：我们班的 A 啊，他啥都跟别人要，人家的彩泥、笔、橡皮、课外书，没有他不想要的。

小懒（认真倾听）：哦，是吗？

小群：嗯，今天他居然想要我的乐高迷宫书，真是的。

小群说的乐高迷宫书，是小懒最近给他买的城市、幻影忍者、未来骑士团三大系列的乐高原版书，有贴纸有迷宫，情景代入，是很多男孩的最爱。

学校不让带零食，也不让带玩具，课外书还是鼓励带的。

小群每天把书带到学校，吃完午饭午休时，喊一声“谁玩乐高迷宫”，就会有黑压压的一群孩子围过来，因为太热门，小群看情况决定要不要给大家玩——人少就排队，人多得答出同桌 QQ 出的脑筋急转弯才能玩一次，人如果特别多，得答对十个问题才能玩。

小懒：人家跟你要这本书，你怎么回答？

小群：我就说——我不给你！

小懒：还有呢？

小群：我就不给你！

除了这个，小群基本不太会说其他过分的话，再生气也就是这么几句。

小群（突然笑起来，笑声起起伏伏）：你知道吗，妈妈，幸亏有 QQ。

小懒：QQ 怎么了？

小群：A 跟我要乐高书的时候，我只会说——不给你！但是 QQ 看不过去了，她冲着 A 大声说——你想得美！你做梦去吧！

小懒（果然还是女生厉害）：……

❤ 夜半捉贼 ❤

某年某月某日的某一天。

木木同学打来电话说要加班，回家会很晚，叫小懒不用等他吃饭。

刚好丢丢带着多多来玩，吃过晚饭哄了两个熊孩子睡觉，两个女人在一起看电视、聊天，倒也快活。

没多久，小懒去厨房做自己的独家秘制牛肉干。

十分钟后，小懒从厨房出来，却见丢丢正操起一个板凳，身体侧靠在门后，见小懒出来，食指放在嘴唇上——

“嘘！”

什么情况？

这时，突然有人敲门——当当当！

小懒正要开门，却被丢丢禁止，丢丢把小懒拖到自己身后——

敲门声只响了三下，继而传来“嗷嗷嗷”的怪兽嚎叫声……

丢丢（转过头小声的）：肯定是有贼！这类事情，报纸上报道得多了去了，什么门外听到婴儿哭声啊，争吵打闹声啊……通常都是团伙作案，几个人在外面，要是你打开门，想看个究竟，就会被歹人闯进门，抢了东西不说，甚至有可能谋完财后害你性命。

小懒：那个什么，丢丢，你听我说……

丢丢（打断小懒的话）：不过你放心！我刚才已经打了 110，今天这贼撞上我，算是倒了八辈子霉了，（把椅子放下，从口袋里掏出一个黑色皮革包着的管状物）看到这是什么了吧——防狼喷雾！一会儿如果门被撬开，你就瞧好吧，我先把椅子摔出去，然后上来一通乱喷，不一会儿，警察叔叔就可以直接把他们带回派出所了。哦嚯嚯……

小懒（面色平静，不管不顾丢丢的拖拉，强行打开门，冲着楼道吼了一句）：木木，你给我出来！我说过多少次了，大晚上的不要跟我玩这种游戏！丢丢已经报警了，你再不出来，就派出所见吧……

丢丢：……

木木（狼狈地从楼道安全通道跳出来）：别别别，哎呀，报什么警嘛，你真是的，丢丢，我出来了，赶紧取消！

小懒：……

❤ 爱情消退，亲情未满 ❤

小懒与十年没见的老朋友蒹葭聚会，没想到她已经离了两次婚。

小懒一时不知道如何回应，说多了说少了，问深了问浅了，都怕老朋友不舒服。

没想到蒹葭自己主动打开了话匣子。

蒹葭：我跟你说，自从离了婚，我终于过上了幸福的生活。

小懒：呃，这话怎么说……

蒹葭：婚姻中，我最不能接受的有两种情况，对我来说都是最严重的危机，百分百会选择离婚。

小懒：哪两种？

蒹葭：一是出轨；二是我付出太多，而对方看不见。也许换作别人，可能会想着怎么样去补救，但我属于眼睛里不能揉沙子的。

小懒：所以两次婚姻，两个危机你都碰上了？

蒹葭：是。我的解决方式简单粗暴，就是离婚。你不知道，离了之后简直太开心了，这种全心全意为自己活，不需要顾虑前夫及他的家人的生活，这种独立和自由，我做梦都会笑醒。

小懒：这倒是我一直以来认识的你能做出的事。出轨比较容易理解，付出太多，对方看不见，是他漠视？没心没肺？不承认？

蒹葭：他心里边只装着他自己呗。所以不论是你关心他，还是操持家务、带孩子……他从来都不往心里去，就更别提心疼你了。举个例子，他有次去国外出差，他爸突然脑溢血，我联系不上他，打了120，把老爷子紧急送去医院，除去手术费，住重症监护室一天要三万，花光了我这几年所有的积蓄，钱不够，只能找亲朋好友借。跟他说了，他不闻不问。他家来了几个亲戚，四个人凑了一千一百块钱给我，我当时非常火大，就没什么好语气。这几个亲戚跟我前夫告状说我态度不好，前夫回国办的第一件事，居然是因为我对他家亲戚态度不友好，跟我大吵大闹了一个多月……

小懒：这也太拎不清了，糊涂且渣！

蒹葭：是吧？再比如我下了班，给孩子辅导功课，带孩子上各种培训课，做饭……他说，孩子都那么大了，这些事自己就可以做啊。饭随便做点，十几分钟不就好了吗，有什么啊？呵呵，我孩子七岁，他能自己做吗？买菜做饭，每天四菜一汤，不需要花钱花精力去做吗？他自己不付出，并否认你的付出，我都服气我自己忍了这么久。

小懒：理解，这样在婚姻里很孤独，一直是一个人的感觉。

蒹葭：对，所以我当机立断离了。以后也许会遇到合适的人，也许不会，会不会都没关系，当单身妈妈我也不介意，遇到那个人加分才可以，否则一切免谈。

小懒：只要你不是负气之下做的决定，姐们儿都支持你。

蒹葭：谢谢，有时我也会想，你说，夫妻之间到底是靠什么来维系婚姻的呢？

小懒：信任、理解、包容、沟通、经营、陪伴……都要有吧。

蒹葭：你说的也没错，只不过对于我来说，夫妻之间靠的其实是亲情和责任。过了热恋和蜜月期，生活被柴米油盐酱醋茶以及各种鸡毛蒜皮的事情填满，什么情况下最容易离婚？爱情消退，而亲情还不稳的情况下。

小懒（若有所思）：你接着说。

蒹葭：亲情是需要时间沉淀的，但是这个时间太长，很多人等不到那个时候。如果彼此责任感强，还能撑过去。

小懒：精辟。爱情消退，亲情未满，这是非常普遍的一个状态。但是也不要那么悲观，爱情不会彻底消退，只不过不会像当初那样充满激情罢了。感情是需要双方共同经营的，比如表达方式的问题，比如情绪控制的问题，比如要改变非黑即白的极端思维……稍微哪个小细节形成惯性模式，都会成为压垮婚姻的那根稻草啊。

蒹葭：但遇人不淑，又是另外一回事。所以如果以后我决定再婚，会问自己三个问题——1. 你要嫁给这个人吗？ 2. 你确定要嫁给这个脑子不清楚用钢针扎也扎不醒的人吗？ 3. 你确定？如果我的回答是，我确定，且内心深处坚定而不容置疑地这么认为的话，那时，我会三婚的。

小懒（哭笑不得）：……

❤ 我想现在打开 ❤

邻居串门，送了罐自制的海棠罐头，特意叮嘱，放一个月左右后，罐头会生浆，那时才好吃。

邻居刚走，小群的眼睛便紧盯着罐头。

小群：妈妈，我想打开吃了。

小懒：不行啊，阿姨说了，放一个月才好吃，现在打开不好吃。

小群：可是……（欲言又止）可是，妈妈，我就想现在打开，我想尝尝它的味道是怎么——不——好——吃——的。

小懒：？？？

❤夫妻之间到底靠什么来维持长久的关系❤

那晚与蒹葭散会后，小懒把这个问题抛到群里问大家。

小懒：所以，夫妻之间到底靠什么来维持长久的关系？

丢丢：这是小白和莫羡的第四个问题是吧？

阿橙：我觉得这个要因人而异，比如说我们家吧，我家丢丢就喜欢管着我，那我呢，就主动制造各种问题，让她不断有事情可以管我，比如盯着我戒烟戒酒，限制我玩游戏……我给她创造出的这种被需要的机会，极大程度地满足了丢丢好管事、好管人的性格，也直接促进了我们家庭的和谐。

丢丢：合着你的意思，是说你玩游戏、抽烟、喝酒没节制，都是为了我，你才这么做的？

阿橙：当然啊，你老公我伟大吧！

丢丢：滚。

小懒（笑得肚子疼）：阿橙你真是至贱无敌。

丢丢：甭搭理他。我觉得，对我来说，是要摒弃原生家庭的种种弊端，夫妻二人要保护自己建立起来的新家庭，懂得与原生家庭划清界限，不被介入，也不介入。比如我妈吧，稍微听我抱怨一件阿橙的事情，就说——离，跟他离婚！搞得后来我都不敢跟我妈提阿橙有啥不是了。

阿橙：啥？我咋不知道。你妈啥时候让你跟我离婚？你为什么要跟你妈妈抱怨这个？

丢丢：我后来不抱怨她也照样让我跟你离婚啊。阿橙吃饭时声音太大了，跟他离婚吧！哎呀，阿橙看电视的时候那坐姿，真难看，跟他离了吧。阿橙的眉毛不好看，跟他离了吧。阿橙穿的粉色衣服太骚了，跟他离了吧。

阿橙：……

丢丢：几乎一天好几次。最近的一次是今天上午，我妈说，阿橙的公司股票下跌，跟他离了吧。

阿橙：我冤不冤啊，合着我做点什么，不做什么，她都让你跟我离？再说，不对啊，你是不是蒙我？我每次去，你妈对我都笑呵呵的。

丢丢：越客气，才越有问题啊。她跟我爸婚姻就不太幸福……所以对男人都挺有敌意的，倒不是冲你，（皱眉想了想）其实也是冲你，但这事跟她没法彻底讲明白。

阿橙：我以后怎么正视丈母娘呢，一想到她说让你跟我离婚，我就……

丢丢：你装作不知道就好了。你放心！

阿橙：放心什么？哦，你是让我放心，你肯定不会听你妈的是吧？！你这么想，我就放心了。

丢丢：……我是说，你放心，如果以后咱俩离婚，一定不是因为我妈的挑唆，而是我发自肺腑地真心代表我个人想跟你离婚啊。

阿橙：……

赵老师：别动不动提离婚，多不吉利。夫妻之间，要靠信任和欣赏来维持关系。即便爱情没有了激情，但对对方的欣赏，可以随时让爱情激情燃烧。

周老师：所以咱们家，完全靠我的才华，靠你崇拜我，长年累月的对我的欣赏，才让咱俩的婚姻持续了这么多年。

赵老师：滚！

木木：我觉得，要靠一颗童心，才能保持婚姻的维系。比如说吧，我和小懒就喜欢四处搜集对方的糗事，跟有把柄在手里似的，每次讲的时候，她笑我也笑，仿佛又回到了年少不懂事的时代。

阿橙：你俩都又有啥糗事了？

小懒：你少套话，这是我俩的婚姻机密，才不告诉你这个外人！

阿橙：木木，你说嘛！

小懒：不许说！

木木（完全不顾小懒的威胁）：前天我跟小懒在客厅大战，双手不能动，看谁能用脚戳到对方的脸。

小白：然后呢？

木木：然后我费了九牛二虎之力成功地把小懒弄倒在地上，脚正杵在她脸上的时候，被她爸爸推开门，看了个正着……

阿橙 & 丢丢：……

赵老师 & 周老师：……

小白：……

❤ 呵呵，女人 ❤

木木下班回到家。

小懒：哎，老公，我的手机电源线，是你帮我粘好的吗？

木木：啥？

小懒（含情脉脉的）：手机电源线啊，外面的保护塑料断了好多天了，我一直想粘来着，老是忘记了，没想到你帮我粘了。老公对我真好。

木木：不是我，咱爸粘的，我昨天看到他粘的。

小懒（迅速变脸）：哼，我就知道，你能有这份心？哼，我就知道我看错你了！果然还是我爸对我最好！

木木（女人真不讲理）：……

❤ 吃了算了 ❤

小群写作业格外拖拉。

木木决定跟熊孩子谈心。

木木（语重心长）：小群，你知道吗？其实……是时候告诉你咱们家的惊天大秘密了。

小群（瞪着小眼睛）：什么？

木木：……其实，我是个食人魔。在你之前……（艰难地开口）在你之前，我已经吃掉了好几个我的亲生孩子了。

小懒：……

小群：哈哈哈，你少骗小孩，我才不信。

木木（冲小懒使了个眼色）：不信你问妈妈。

小懒（马上心领神会，夫唱妇随）：是啊是啊，妈妈其实是爸爸的第十个老婆，前面九个，都被他吃掉了。唉，幸亏你娘亲我貌美有才华，他一直忍着，控制着，我才侥幸活到现在。

小群（跳起来）：哼，我才不信。

木木（皱眉）：真的，唉！（长叹一口气）说来也是可惜，有个孩子都十岁了……（作哽咽状）可还是被我吃掉了……想想也真是不应该，毕竟是一个生命呢。可是我控制不住我自己。爸爸是不是说过，我的心里头住着一个小怪兽，它经常发疯……你要是不好好写作业，说不定今晚我忍不住，也把你吃了。

小懒（作恐慌状）：啊，不要，不要，（苦苦哀求）小群这么聪明又帅气，还是不要吃了吧。

小群（忍无可忍）：你们俩够了！我好好写作业就是了，别演了！

木木 & 小懒（有两个戏精父母确实够了）：……

❤ 出现家庭纷争怎么办 ❤

早上出门，小群想穿雨鞋，木木认为雨鞋太沉。

木木：不能穿，万一摔倒怎么办？

小懒（冲着小群）：嗯，我倒是不介意。怎么办呢？爸爸反对。

小群（一拍手）：妈妈，我有个好办法。

小懒：你说。

小群：我们可以不听爸爸的话呀！他说他的，我们做我们的。

小懒（果然是好办法）：……

❤ 不公平 ❤

早上。小懒煎了金黄的鸡蛋饼，裹上荷兰小黄瓜片，抹着大块牛肉酱，一边大快朵颐，一边叫小群过来吃饭。

小群：妈妈，我不喜欢吃。

小懒：可你尝都没尝，就这样说，我觉得对我不公平

小群：好吧……（皱着眉头抓了一小块放到嘴里）不好吃！

小懒（火冒三丈，仍极力控制着）：我很生气，你不尊重我的劳动，我一大早起来做早餐，你却如此挑剔。

小群（抱着双臂）：我才生气呢！你不尊重我的胃口。

小懒（请让我面壁哭一会儿）：……

❤ 阴谋诡计 ❤

小群六岁的时候，有一天晚上，小懒哄他睡觉。

小群：妈妈，我有一个阴谋诡计。

小懒：呃，啥阴谋诡计？

小群：一会儿我假装睡着，等你出去了，我就偷着玩我的乐高！

小懒（果然是阴谋诡计）：……

❤ 不是爷爷 ❤

夏天，天气特别热，木木买了件盘扣的无袖棉麻中式马褂穿，非常凉快。

就是有点显老。

他并不觉得显老有什么不好，反正凉快就行，又给自己配了个大蒲扇，每天大摇大摆地拿着扇来扇去。

这天，木木去学校接小群放学，回来后，气冲冲地脱了马褂，大蒲扇也扔到了一边。

木木：哼，我以后再也不穿了。

小懒：你咋啦？

木木：我今天去接小群，学校门口，有好多家长都在接孩子。

小懒：然后呢？

木木：有几个大爷看到我，问我——你是爷爷啊，来接孙子？

小懒：哈哈哈！

木木：我赶紧说——不，不，不是爷爷，我是……我还没说完，旁边一大爷抢答道——不是爷爷，那肯定是姥爷！

小懒：哈哈哈哈！

❤ 认生字 ❤

小群读一年级时，有一天，小懒带着他读生字卡。

遇到生字，重复个一两遍，他也就记住了。

唯独“最”字，老是忘。

小懒都快气出心脏病来，他始终读错：问？敢？走？

小懒（耐着性子，慢慢跟他讲）：你看，这个“最”字，上面一个“日”，下面一个“取”，我们可以联想，有个人敢在太阳下取东西，结果怎么样？最后小命都没了，所以这个字啊，读作“最”！记住了吗?

小群（点点头，信誓旦旦）：妈妈，我记住了，这次我真的记住了。

五分钟后，小群吃完火龙果回来——

小懒（拿着“最”字卡片）：这个字念什么?

小群（盯着卡片看了好一会儿，接着胸有成竹的）：一个人去太阳那里取东西，妈妈，我知道!

小懒（激动得两眼冒光）：那么，这个字念什么?

小群：妈妈，念“取”！“取东西”的“取”！

小懒：……

第　七　章

距离小白、莫羡决定要不要离婚，还有六天。

他们的第五、第六个问题是——

婚姻生活里，出现过的最严重的危机是什么？如何解决的？

对方有哪些优点吸引你？哪些缺点是你不能容忍的？

❤ **木木是找不到东西大王** ❤

让木木找东西，比盲人摸象还要惨。

盲人虽然眼睛看不到，但人家知道自己有手，会伸手摸摸……

木木找东西，是不知道自己还有手的，全靠眼睛。

且只用眼睛。

如大军压境，新手拿到机关枪，只顾向前方扫射，扫着什么是什么。

所以，哪怕是小懒抱着小群在他眼前，他仍茫然四顾、失魂落魄，一副丢了老婆孩子不找到誓不回家的痴汉样。

所以几乎每天，这样的对话，都在反复不断地上演——

木木：老婆，我那件黑色的纯棉睡裤去哪儿了？我找遍整个房间都找不到。

小懒：眼睛，顺着我的手指——喏，看右前方，看到了吗？在衣架上挂着。

木木：iPad 呢？你是不是又藏起来不想让我玩《三国杀》？

小懒：滚！我正做家务呢，哪顾得上管你。但如果我没记错的话，应该就在电视机旁边。

木木：我钱包呢？

小懒：在床头柜上。

木木：哦。

小懒：木木啊，小群咳嗽，去把咳嗽药拿过来。

木木：在哪儿啊？

小懒：就在放药的第三格抽屉里。

木木（很快回来）：我找不到啊。

小懒（亲自出马）：这是什么，不就在盒子的下边吗？

木木：这我哪儿知道。

小懒：去拿拖布，拖个地。

木木：我找不到。

小懒：我们去看电影吧，电影票在我的写字台上。

木木：我找不到。

……

他是真的找不到吗？他是不是瞎？！

无数个让人崩溃的时刻，小懒无数次这么想。

或者，他是为了逃避做家务，不愿意费事而故意这样？

太卑鄙了！这个人，好阴险！

天哪，居然跟这样的人做了夫妻。

然后……

经过了长久的观察，小懒慢慢得出结论——

木木的眼睛，只想，或只愿意看到他想、他愿意看到的东西。

比如。

加班到晚上十一点才回到家，木木放下背包，在房间里巡视了一圈。

木木：今天在家都干吗了？

小懒（心虚的）：没干吗啊，还不是拖拖地看看书写写稿。

木木：不对吧，你是不是去商场买衣服去了？

小懒（明明藏在柜子最深处了好吗，就不信你有千里眼）：呃……没啊！

木木：哼！厨房角落里明明放着 ×××× 牌子的袋子！垃圾桶里明明有从超市里买来的肘子的小票！还有啊，你明明染了头发！还有这个（指着鞋架上放着的快递底单），你还发了两个快递，有两个底单，买了什么东西不合适退货了？嗯？

小懒：……

❤ 不想再迟到了❤

能够在大冬天爬出温暖的被窝，对小懒来说，已经算是克服了万难。

但另外一个万难，是叫熊孩子从温暖的被窝爬出来，换上衣服，洗脸、刷牙、吃早餐、穿鞋去上学。

熊孩子最擅长的是拖拉，本来争分夺秒的早晨，这里拖拖，那里拉拉，天天迟到。

小懒：宝贝，我觉得我每天早上出门，都好焦躁的。

小群：是吗？我早就看出来了。

小懒：……喀喀，那么，你觉得，我怎样才可以克服呢？

小群：我觉得你慢下来就好了。

小懒：……

❤ 爬楼 ❤

小懒他们住在亚运村附近的公寓时，大楼里没有电梯，每天回家，都要爬上四楼。

有时回家很晚了，在黑暗的楼道里，小群喜欢大喊“嘿”，让声控灯亮起来。

小懒则喜欢大吼“嘿！哈！嘿！哈！”

木木这个二货，会在旁边唱：

是谁送你来到我身边

是那圆圆的明月，明月

是那潺潺的山泉，是那潺潺的山泉

……

噢……沙噢沙噢，沙里瓦沙里瓦！

❤ 挠睡着的人痒痒肉，他们会觉得痒吗 ❤

小懒又失眠了。

左边睡着木木，右边睡着小群。

啊，为什么这对父子可以睡得这么香？

天啊，不是说，不是一家人，不进一家门吗？为什么只有我在失眠？

不公平！

小懒辗转反侧，始终睡不着。

突然，小懒有一个奇思妙想：

睡着的人，有没有……痒痒肉呢？

不如，今天就让小懒为整个人类揭开这个谜底吧！

——为了整个人类，我愿意做出牺牲！

小懒先挠了挠小群的腋下，又挠了一下木木的腋下。

所以，亲爱的读者朋友们，你们知道成人与未成年的小朋友，熟睡中被人挠醒时具体的表现有什么不同吗？

相比较小朋友使劲扭动着身体，翻个身继续睡，成人则表现得非常具体、直接。

木木（熟睡中被挠醒，迷迷糊糊搞不清状况，突然看到小懒缩回去的手，大骂）：你有毛病吧，我都睡着了你挠什么挠！神经病！

——除了大骂，还会拳打脚踢，连蹬带踹。

❤ 忘记了自己作为丈夫和爸爸的身份 ❤

阿橙的爸妈搬过来和阿橙一家同住。

阿橙约了小懒一家还有小白给爸妈接风。

阿橙妈妈：来来来，大家坐。哎呀，地板太脏了，得拖个地啊。

丢丢：妈，我去拖吧。

丢丢拖地完毕。

阿橙妈妈：哎呀，这样不干净的，拖地怎么能只拖一遍呢，我在家里至少要拖三遍的。

丢丢（非常不舒服）：……阿橙，剩下的两遍你去拖吧。

阿橙（察觉到火药味）：好的，我去我去。

阿橙妈妈：阿橙他不会拖的啊，他哪里懂得这个。

小懒 & 小白（女人的敏感，迅速对视了一下）：……

阿橙爸爸：我去拖吧。

阿橙妈妈（勉为其难的）：去吧。

阿橙（瘫在沙发上）：来来来，大家坐坐坐。妈，我要吃苹果！

阿橙妈妈：妈马上给你洗。

没过多久。

阿橙：妈，把您给我带的扒鸡端过来。

阿橙妈妈：这就来。

多多：爸爸，你给我讲个故事吧。

阿橙（玩着游戏）：妈，你给多多讲个故事，饭让我爸做。

阿橙妈妈：好，奶奶马上好，多多你别急啊。

丢丢（脸色非常难看）：……

饭毕，丢丢送小懒一家到楼下。

丢丢（愤愤的）：阿橙这个家伙，一旦他爸妈在，他就忘记了自己作为丈夫和爸爸的身份，只剩下儿子这个角色了。

小懒：让他先嘚瑟两天，好好想个办法整治他。

木木：这次爷爷奶奶过来住多久？

丢丢：说是要长住。

木木：我觉得是你想多了，阿橙可能太久没见到他爸妈，想撒娇而已。

丢丢：你太不了解他了。这样，我现在给阿橙打个电话，让他把我钱包送下来。如果是他送下来，我给你五百块钱，如果是我公公或者婆婆下来，你给我五百块钱。

木木：打就打！我就不信，阿橙不知道心疼他爸妈，这么点事，还让自己爸妈下来？

丢丢（迅速打电话）：老公啊，我钱包忘带了，你帮我拿下来好吗？我去超市买点水果，对，我就在小区门口。行行行，你来吧。

木木：我说什么来着，给钱！

丢丢：呵呵，你等会儿，人来了再说。

五分钟后，阿橙爸爸拿着丢丢的橙色钱包，满头大汗，一路小跑着过来。

阿橙爸爸：多多妈，给你钱包。

木木：……

丢丢（愤愤的）：给钱！

木木（愿赌服输，痛快地掏出五张百元大钞递给丢丢）：好吧。

丢丢：看我回去怎么收拾他。

小白：丢丢姐，晚几天再收拾。我要是你，我就继续跟周围的朋友们打赌，先赚他个万儿八千的再说。

丢丢：……

❤夫妻之间要坦诚❤

大家在小白和莫羡的麻辣烫店吃饭。

阿橙：老婆，少吃点吧，对你身体好。

丢丢：你就是嫌弃我胖了。

阿橙：老婆，我发誓，绝对没有。

丢丢：你要是真的那么想了，就应该直接说出来，夫妻之间要坦诚。

小懒（陷阱啊）：……

阿橙：好吧，丢丢，我觉得你最近确实胖了不少……

丢丢：闭嘴！滚！一会儿回到家，你把地拖了把碗洗了把茶几、书架都擦了，不许让你爸妈干！

阿橙：你怎么生气了呢，不是你让我直接说出来的吗？你刚才说了，夫妻之间要坦诚。大伙儿可都在呢，你别想耍赖。

丢丢：哦，我让你直接说你就直接说啊，我让你别玩游戏了早点睡你怎么不听呢？

阿橙：我这不是为你好嘛，少吃一些对你身体好。

丢丢：你哪里是为我身体好，本来我好好的，你非得说话让我堵心，心都堵了，我能好吗？滚！

阿橙：……

❤一个情绪特别糟糕的晚上❤

小懒的心情坏到极点。

忘记是因为什么了，只记得自己陷入严重的自我否定情绪中，悲伤、痛苦、难过、愤怒、焦虑、紧张、暴躁……

嗯，偏偏小懒的妈妈还在唠叨。

小阔被姥爷抱在怀里，迷迷糊糊半睡着。

小群在做手工。

小懒不能训孩子，更不能冲父母发火，但是如果不发泄，她感觉自己就要疯了。

她郁闷地躲到房间，默默哭了一会儿。

哭过一会儿后，又觉得悲哀，自己竟然连放声大哭的资格都没有。

不想被他们知道，怕被追着问原因，难解释，也尴尬，又怕万一无法控制情绪，会迁怒他们。

小群就在这时进了房间，他第一时间发现妈妈在哭。

慌张擦眼泪什么的，已经来不及。

小懒只好抬起头，告诉他——妈妈的情绪不太好，没办法控制，想一个人待一会儿。

小群点点头，有点担心地看着小懒，就在小懒以为他要离开时，突然感觉后背有个小手在上下摩挲着，轻抚她的背。

一下。

两下。

三下。

四下。

这小手太有力量了，仿佛关闭了小懒整个坏情绪的按钮，她几乎破涕为笑：谢谢小群。

小懒：这样舒服多了。

小群（继续手里的动作）：我小的时候哭，你就是这么安慰我的。

小懒：嗯，（点点头，笑着看他）你一直记得吗?

小群（有点害羞）：是啊，我还记得我小时候曾经这样做过，你当时也在哭，我这样做了以后，你好很多。这次也是。

小懒张开双臂抱紧他。

这小小的人儿。

❤ 婚姻的危机 ❤

距离小白、莫羡决定要不要离婚，还有六天。

他们的第五、第六个问题分别是——

婚姻生活里，出现过的最严重的危机是什么？如何解决的？

对方有哪些优点吸引你？哪些缺点是你不能容忍的？

丢丢在小区里租了套两居室，就在他们房子旁边的单元楼，周末时，多多的爷爷奶奶搬了过去。丢丢家是三居室，其实是住得下的，毕竟再租需要八千块钱一个月的房租。但在丢丢看来，房租并不贵，因为它可以买来她和阿橙婚姻的稳定。

丢丢：小白的第五个问题，不是问出现过的最严重的婚姻危机是什么吗？就是最近。

阿橙：呃，真的要说吗？

丢丢：能说出来，就表明没事。如果我说不出来，那才是大麻烦。

小懒：所以，是婆媳矛盾？

丢丢：对，公公来了还好，婆婆一来麻烦大了。她看不惯她儿子干一点活儿，受一点累。我也是我爸妈从小惯到大的，凭什么啊？我总不能把我爸妈也请过来，双方父母 PK 吧。

木木：唉，即便这样，也用不着搬出去，太贵了。双方都忍一忍不就得了吗？这八千块钱干点啥不好。

丢丢：你站着说话不腰疼，怎么忍？我婆婆年纪那么大了，她改不了。我呢，就活该被累死？那天你们也见到了，只要我公婆在，阿橙就是衣来伸手饭来张口，完全就是一只寄生虫。就算我是被人下了迷魂药了，成了奴隶，累死累活，多多还看着呢，孩子以后是不是也得成为跟他爸一个臭德行的人？

阿橙：呃……老婆，你给我留点儿面子。

丢丢：我够给你留面子了。这辈子从来没有这么强烈地想要离婚过。我告诉你，要是不搬，真的，咱俩就民政局见了。

小白：搬了，就能保证以后相安无事了吗?

丢丢：是，这样会有一个比较清晰的界限，两个彼此独立的家庭，爷爷奶奶可以在那边做饭，愿意叫我们过去吃，我们就去。他们也可以来这边吃饭，吃完饭回那边休息。互相照顾，又不干涉。阿橙也比较容易成为正常人，恢复丈夫和爸爸的社会角色。

小懒：阿橙，你还要面子，要不是你堕落成那样，至于吗？看把我们丢丢给气的。

阿橙：这……这也不赖我啊，我问你们，要是有人过来跟你说，我给你一个皇位，你要不要坐？所有人都听你的，你让干啥就干啥，而你可以啥也不干。

木木：什么意思?

阿橙：我妈一来，我就是皇帝啊。我当然知道这样不对，但……谁能拒绝得了当皇帝的诱惑。你拒绝得了吗?

木木：哼，我当然能。你以为谁都像你？做人要有自制力，得懂事，明白是非……这是一个成年男人最基本的品格不是吗？你倒是舒服了，可你家乱成什么样了?

小懒：啧啧，你这么懂事?

木木（得意的）：那当然。

阿橙：唉，我也有苦衷啊，朋友们。我妈你们是不了解，脾气暴，容易激动。偏偏心脏装了仨支架，二十多年的高血压、糖尿病……我接受她自认为的所有对我的好，就是孝顺。否则她哪个病发作，都得打 120……

小懒：拉倒吧，得了便宜还卖乖，不要脸，我呸呸呸！那你倒是说说，怎么说服你爸妈搬出去租房住的？这时候你就不怕你妈哪个病发作了?

木木：说他们在，不方便你们要二胎，影响二人世界?

丢丢：滚!

小白：实话实说，再闹下去要离婚?

阿橙：那我妈肯定说，离就离……

丢丢：在怂恿儿女离婚这件事上，她倒是可以跟我妈成为好姐妹。

小白：该不会是你爸妈准备要二胎吧？

阿橙：滚！

小懒：难道是，你采取先斩后奏的方式，说钱已经交了，没法退？

阿橙：那我妈且得心疼钱，估计一年都没法睡觉了。

木木：那你到底怎么说的？

阿橙：我说那套房是小懒跟木木的，你俩有钱人，不愿意把房子租给外人住，一直空着，免费给他们住了。你俩可记住了，到时别穿帮。

小懒：啊，你这么说的？难怪刚才搬家，阿姨一直冲我笑，嘴里还说，姑娘真俊。

木木：你这么一说，我倒是想起来了，走之前你爸加了我微信（打开微信）……得，你爸给我转了四万八……这是……按照八千块钱一个月，先付了半年的？

阿橙：啊，难道我爸不小心听到了？那个，那个……你别接啊。

丢丢：不接，不是还得穿帮？看来爷爷是个明白人，知道不可能有免费的房子住。

木木：那我收了，还你？

阿橙：行行行。

丢丢：木木，你先收着，如果从现在开始阿橙表现好了，时刻记得自己身为人子、人夫、人父的身份，并履行自己该履行的责任，等我公婆离开，就把钱还给他。

木木：如果他没有呢？

丢丢：如果他没做到，这钱就都归你了。

阿橙（急了）：老婆，你是不是脑子进水了？哪能这样呢，那么多钱啊，快五万了！你清醒一点儿，关键时刻，咱得一致对外。

丢丢：你才脑子进水了呢。我告诉你，现在一切看你，如果你做到，那很好。反之，咱俩离婚，钱归木木。

木木（蒙了，好半天才反应过来）：太好了，还有这便宜事儿？那个，阿橙，我一定好好扶持你做皇帝，没得说！哥们儿嘛，咱俩谁跟谁，必须为你赴汤蹈火、两肋插刀啊。

阿橙：我叫你大哥行不，大哥！大爷！爹！叫你爹总行吧，把钱还我！

木木： 我不！

小懒 & 小白 & 丢丢（是谁说的，做人要有自制力，得懂事，明白是非）：……

❤ 谁看孩子 ❤

小群三岁时。

有一天，小懒和木木正在聊天。

小懒：是不是得去银行开个卡？

木木：对的，明天。

小懒：行吧，咱俩一起去。

小群（突然接话茬）：你俩都去，谁看孩子？

小懒 & 木木：……

❤ 催婚 ❤

小白妈妈打电话催婚。

小白自然不敢告诉妈妈自己已经结婚，最近正准备离婚的事情。

小白妈妈：你说说你，到现在还没有男朋友，但凡是个亲戚，七大姑八大姨个个都在问，你不知道妈妈的压力有多大。

小白（安慰道）：妈妈你放心……

小白妈妈（惊喜的）：今年一定带个男朋友回来？

小白：不是，我是说，你放心，我会和你一起顶住这个压力的。

小白妈妈：……

❤ 圣诞老人的穿帮 ❤

小群是在五岁时知道世界上没有圣诞老人的。

那是圣诞节的前几天。

小懒从国外出差回来，正在偷偷摸摸往柜子里藏给他买的变形汽车，他突然闯进来。

当下小懒和他四目相对，场面一度十分尴尬。

小群（眼睛紧紧盯着妈妈手中的玩具）：妈妈，你在干什么？

小懒：好吧，我承认，这本来是想作为圣诞节礼物送给你的，既然被你提前看到，现在就送给你吧。

小群惊讶地看着小懒，小手伸过来，接走玩具，翻过来倒过去地看，显然十分喜欢。

最后，他的目光由惊喜转为惊讶——

小群（皱眉道）：妈妈，不是说，圣诞礼物都是圣诞老人给的吗？难道，根本没有圣诞老人，以前的礼物，都是你送的？

小懒（瞠目结舌了）：那个，那个……儿子你听我解释……

小群（我不听我不听）：原来世界上没有圣诞老人啊。

小懒：……

❤ 产后抑郁症❤

小懒和木木的婚姻危机，应该是发生在二〇一〇年。

那时小懒刚生完小群，没有人知道小懒得了产后抑郁症，包括小懒自己。

她只觉得看什么都是错，别人做了是错，不做也是错。谁跟自己说话都想发火，整个人处在随时被激怒，随时被引爆，随时想跟任何人大吵一架的紧绷状态中。

小懒：所以说句心里话，木木，我得感谢你。我那一阵说话特别呛人，动不动就骂你，冲你发火，说话阴阳怪气，又总是莫名其妙哭……你虽然不明白为什么，也不知道啥是产后抑郁症，但是你一直好脾气地陪着我。

木木：哦，原来那个叫产后抑郁症，好可怕。还好你后来看了一些书，自己调整好了，否则我都快被你逼疯了。

丢丢：产后抑郁症时离婚的念头很强烈吗？

小懒：对，特别强烈。我连财产怎么分都想好了。小群的抚养权肯定归我，哺乳期嘛，法院也支持。车子呢，我也不会开，给他。房子……

木木：不是吧小懒，你连这个都想了？我居然一点儿都不知道。我有个朋友，跟他媳妇吵架，一吵架，他媳妇就要闹离婚，离婚协议书都起草好了，打印了好几份，一吵架就拿出来……哈哈，你比他媳妇可强多了，也就想想，只是念头，对吧？

小懒：呃……

木木（狐疑的）：难道你当时也起草了离婚协议书？

小白：哈哈哈哈，不愧是我堂姐。

小懒（理屈词穷）：……我产后抑郁症啊，我有什么办法。

木木：你太过分了！我每天下班回到家，心里想着马上就要见到老婆孩子了，你却想着跟我离婚，还起草好了离婚协议书。

阿橙：就是！你怎么能这么欺负我兄弟。

小懒：滚，我们夫妻俩吵架，你少插嘴。

阿橙：……

小白：……

小懒：你……你……你……不要惹我，我生完小阔也没多久，你你你……

要是再惹我，说不定一着急，我产后抑郁症又犯了，再做出啥傻事来。你知道吗，有些人得了产后抑郁症，不仅想离婚，还会自残自杀……我可控制不了我自己。

木木：……

❤ 我失败了 ❤

小群手里拿着两片切好的黄桃从小懒面前走过。

小懒决定当土匪，以迅雷不及掩耳之势从他手中夺过，囫囵吞下。

万万没想到，小群居然没有反抗，只是睁大眼睛看着小懒把桃子吃掉。

过了大概一分钟。

小群（慢悠悠的）：妈妈，这是掉在地上，我捡起来准备扔掉的。

小懒：……

❤ 感知他人对我们的善意 ❤

放学回到家。

小群：妈妈，你知道吗，今天我同桌依依，对我可好了。

小懒（竖起八卦的耳朵）：是吗？快详细说说，最喜欢听你讲这个了。

小群（笑）：我今天啊，喝酸奶的时候，一不小心，把酸奶洒身上了。

小懒气得在心里直骂，你个熊孩子，你都多大了你，还往身上洒酸奶。

但这样想着，还是一直保持着笑容，因为，她要假装做个好妈妈。

小懒：那可怎么办？

小群（满脑袋的汗，头发湿淋淋的，自己也不介意）：我同桌依依看见了，迅速从书包里掏出一张湿纸巾，帮我小心地把衣服擦干净了。

小懒（惊呼）：依依小朋友乐于助人，真是可爱，对你太好了。了不起！

小群（低低回了一声）：嗯。

小懒心中嫌弃地想，唉，你啥时能不往身上掉东西啊。但自己要假装做个好妈妈。

小懒：宝贝，你知道吗，我最近发现了你的一个优点。

小群：啥？

小懒：你这几天跟我讲过几次同学对你很好的事情，你能感知到别人对你的善意，这个，很了不起。有的人，别人对他好，他不知足，也察觉不到，甚至觉得是应该的。还有的人，时刻提防别人，觉得所有人都想害他。可你不是，你每次都能感受到，还说了谢谢，是不是？

小群：当然啊。

小懒：所以，能够感知外界对你的善意，同样了不起。

小群没有说话，但满足地一蹦一跳，和小伙伴在小区里追逐开去了。

❤ 让人崩溃的慢性子 ❤

一家人要出门坐火车。

小懒：哎呀，木木你快点，再晚就来不及了。

木木：着什么急，还有一个多小时火车才开呢。

小懒：火车是还有一个小时才开，可是你打车路上不算时间吗？万一堵车呢？安检不算时间吗？

木木（不耐烦的）：反正来得及，你不要催了。

一路堵堵停停，小懒急得如同热锅上的蚂蚁，木木慢悠悠地刷着手机。

终于，大家连滚带爬，心惊肉跳地在发车前五分钟赶上火车。

放好行李，坐在座位上，不到两分钟，火车开动了。

木木（淡淡开口）：哎呀，等这么久才开，来早了来早了。

小懒：？？？

❤ 别让她笑话你 ❤

小懒有时候不太明白亲妈的脑回路。

一大早的，小懒还在睡觉，被亲妈抻被子叫醒。

亲妈：你赶紧起来，跟我一起收拾收拾屋子，叠叠衣服，拖一拖地，擦擦桌子，保洁阿姨马上就来了，别让她笑话你。

小懒：？？？

❤ 要勇敢表达 ❤

小群五岁的时候，很喜欢班里的小女神星星。

提起她时，小群的眼睛亮极了。

小群：她教我怎么服务、铺餐布，在睡眠室我们玩过家家，她是妈妈我是爸爸。班长投票，我投了她，她也投了我。明天我想跟她一组坐班车，要勇敢表达，手拉手一起走。

小懒：哇，这么好。

小群（害羞的）：我想送她个小玩意儿什么的。

小懒：可以啊，你从你的玩具柜里找找呗。

于是小群在家里千挑万选，选了些小玩意儿，公仔、项链、坠子什么的。

小群：妈妈，你的手机借我一下，我想跟星星微信一下。

小懒打开微信，点开星星妈妈的对话框。

小群（紧张地表达爱意）：星星，我是小群，我从家里找了些我不要的东西，明天拿给你，好不好?

小懒（这“恋爱”要吹啊）：……

❤ 说好的天才推销员都去哪儿了 ❤

小懒走在街上。

突然，有个拿着宣传单的男士拦住了她。

男士：女士您好，我是做体重管理的，能加个微信吗?

小懒（沉着脸）：不能。

男士：女士，遇到问题不能逃避，想当初我也特别胖来着，还是加个微信吧，我可以通过它对您的体重进行特别管理!

小懒（你站住，我答应绝对不打死你）：……

❤ 我本将心向明月 ❤

怀小阔时，有一次小懒跟小群去外面散步。

小群迅速地穿上羽绒服，低头看到小懒正在系羽绒服的扣子，便很自然地伸手过来帮忙。因为是盘扣，扣着很是费了一会儿时间。

楼道里的灯亮了又暗，他默默地系着，小懒也没说话，但其实感动得眼睛有点湿。

他一定是觉得妈妈挺着大肚子，很辛苦，还陪他出去玩，所以要对妈妈好。

嗯，一定是这样的。

路上，小懒与小群牵手走着。

小懒（终于忍不住）：小群，刚才你那么自然地给我系扣子，妈妈心里暖暖的，觉得被你照顾着，特别感动。

小群没说话，像是没听到，继续漫不经心地朝前走。

小懒（不甘心地又问）：你是怎么想的呢？这可是你第一次给我系扣子啊。

熊孩子打量着夜色里亮起的万家灯火——

小群（淡淡回应道）：反正也无聊，就帮你系系呗。

小懒：……

❤婚姻危机❤

微信群里。

赵老师：那天看你们聊婚姻危机，毫不保留地说，我和周老师最大的婚姻危机，就是我们结婚后，彼此都有点动摇，都曾经喜欢过别人。

小懒 & 木木：……

阿橙 & 丢丢：……

小白 & 莫羡：……

周老师：我们要这么坦诚吗？

赵老师：事关两个年轻人的婚姻大事，就毫无保留、推心置腹吧。

周老师：也行。

赵老师：喏，首先，是周老师先心有动摇，被发现——我闹——他承认——彼此冷静——彼此认识自己在婚姻中的错误——重新开始——彼此对过去的事不再提。后来我的心另有所属——跟他坦白——他云淡风轻从没提过此事——我回归家庭——彼此和好……

小懒：呃，您实在太坦诚了。

周老师：……

赵老师：这是我俩婚姻出现最大危机的时候。那段时间我很痛苦，因为总得抉择。脑子里不断提醒自己冷静，想想自己到底想要什么，然后两个人长谈，通宵地聊，不睡觉。白天各忙各的，开始还彼此带着不满或者怨气，慢慢就平静得像挚友一样聊了。彼此的角色关系突然间不只是夫妻了，等把这事聊透了，自己的心里和对方的心里都明白舒坦了，事情也就解决了。

小白：谢谢您的坦诚。

丢丢：然后就都过去了吗？

赵老师：是的。

阿橙：您的语气很平淡，但我们听起来惊心动魄。

赵老师：有时候，伴侣就是这样，不遇到事，根本不知道彼此爱对方到什么程度。

周老师：人这一辈子，不可能只爱一个人，所以我们理解对方。

赵老师：刚知道他开始特别关注那个人的时候，对我们的婚姻特别动摇的时候，我也特别愤怒，冷静下来想想为什么会这样。我认为结婚了他的一切都应该是我的，对我应该毫无保留、透明才对，我就是这样对他的呀。后来仔细想想是我错了，我把他当成了我的私有物品，对他少了理解和心理上的关心。

小懒：不敢想象。

赵老师：我也不敢想象的是，我俩都回归后，家庭生活更和谐，婚姻更稳定了。周老师在我眼里优点挺多，幽默、聪明、大度、包容、上进、好学、有责任心、脾气好。

周老师：谢谢你。在我心目中，你善解人意，有才华，年纪那么小就出名了，心大，特别宽容我、包容我。

赵老师：看吧，换成别人，我说起这个，会愤怒，觉得家丑不能外扬，结果你不但理解我，还同样坦诚分享。

周老师：所以说，恋爱时互相吸引比较多，现在老夫老妻了，默契更多。

丢丢：所以现在启动了夫妻互夸模式？

赵老师：对，出事后我们俩的优点是都善于先找自身的缺点，善于自我批评。我们俩的角色关系经常像哥们、兄妹、知己，有时候更像彼此的父母。

小白（沉思）：谢谢你们，赵老师、周老师，我会好好琢磨琢磨的。也谢谢大家这么坦诚地，没有任何保留地分享这么多。

莫羡：除了说谢谢，我也不知道说什么好了。我和小白会再好好考虑的。

❤ 你们猜，是谁 ❤

丢丢和阿橙又吵架了。

丢丢：你认不认错?

阿橙：我没有错，我为什么要认错?

丢丢：你拿着我最贵的丝袜去逗邻居家的狗，上头扎了好几个洞都脱线了，沾了一堆狗毛不说，你还敢继续往我抽屉里塞?

阿橙：我以为没事呢，哪知道你的丝袜那么不经咬，那狗就胡乱撕扯了两下而已。

丢丢：你给我道歉!

阿橙：我不!

丢丢：好，我再给你最后一次机会。

阿橙：不不不不不!

丢丢：好，你等着。

翌日早上八点。

阿橙(从床上惊坐起)：啊，荷兰对阿根廷！我明明上了闹钟的，怎么没响?

微信群。

丢丢：Ladies and gentlemen（女士们先生们）！你们猜猜看，是谁，白天在夫妻大战时处于下风，选择半夜关掉丈夫的闹钟，使其错过荷兰对阿根廷的半决赛直播，从而成功扳回一局的?

众人：……

阿橙：……

❤ 最大的优点和最大的缺点 ❤

小伙伴们聚在小懒家的客厅看电视。

电视上，黄磊正侃侃而谈：“恋爱是不断发现对方优点的过程，而婚姻是不断消化彼此缺点的过程。”

小白：是这样吗？消化缺点好难，为什么我和莫羡每次都只发现了对方的缺点，而没有优点？比如上次吧……

（小白的回忆）

小白和莫羡两个人去商场逛街。

小白试穿了一件连衣裙。

小白：莫羡，好看吗？

莫羡：不好看。你看啊，你的腿比较短，穿上它，简直像块墩布。

小白：……你知道吗？咱俩刚在一起的时候，我最喜欢的你的优点就是，你特别直率，诚恳待人。

莫羡：这样不好吗？

小白：但是在一起以后呢，我最讨厌、最无法容忍的你的缺点，也是特别直率，诚恳待人。

莫羡：……

丢丢：小白说的我也有同感，我想起上次我们去买菜……

（丢丢的回忆）

阿橙和丢丢在逛菜市场。

阿橙（问一个满头银发的小贩）：海虾多少钱一斤？

小贩：三十！

阿橙：秤准吗？

小贩：秤准的话，三十五一斤。

阿橙：哎，你这个有点过分了，我投诉你去。

小贩（嚣张的）：随便你，我怕你？

丢丢：算了算了，我们去别处买。

阿橙：不行，我非要较这个真儿，菜市场天天嚷着公平秤，他们这些小贩却这么嚣张，必须有人管管。

丢丢：你看那小贩，都快七十了吧，气出个好歹来，咱们惹得起吗？

阿橙：老人怎么了，老人就可以赚黑心钱了？

丢丢：阿橙你知道吗？刚跟你在一起的时候，虽然觉得你有时候比较小气吧，但我特别欣赏你，因为你是个特别讲原则的人，为人特正直、公正、公平。

阿橙：为什么突然说起这个？

丢丢：因为我今天发现，我也最讨厌你这一点。

阿橙：……

木木：那就很奇怪了，我和小懒结婚十几年，我还在不断发现她的优点。

小懒（有种不祥的预感）：你少来。

木木：我说真的。你还记得上次在咱们家……

（木木的回忆）

木木和小懒回到家，天气非常冷，暖气还没来。

木木：好冷啊，让我把手贴在你的肚子上取取暖吧。

小懒：滚，我还冷呢。你咋不说让我把手贴在你的肚子上取取暖呢。

木木：你刚才不让我取暖，我凭什么要给你取暖？

小懒（有点蒙）：那行吧，（咬着牙，如赴刑场）来吧！

木木（迅速把手伸进小懒的衣服里，贴在小懒的肚皮上）：啊，好暖和！

小懒（忍住木木冰冷的手传来的凉意）：好了，轮到我了。

木木（躲闪）：哎呀，你也贴在你自己的肚皮上嘛。

小懒：滚！看看我刚才咋对你的，你是不是男人？是不是男人？再说了，我对自己下不去手。我都让你贴了，你凭什么不让我贴？

木木：哎，你看看你，就是这么喜欢计较。你这个缺点可真不好。

小懒：是吗？在你眼里，我有优点吗？

木木：有。今天就发现了一个。

小懒：啥?

木木：你的肚子比较肥啊，冬天的时候方便取暖。你看，我肚子上肉比较少，就不太适合。我不让你贴，主要是为了你好，怕我的肚子不如你的肚子温暖。再说了，咱俩的手都贴在你的肚子上，不是象征着永远不分离吗? 你有什么不开心的?

小懒（明明感觉吃亏了，可是为什么还觉得他说的蛮有道理）：？？？

众人：……

第 八 章

距离小白、莫羡决定要不要离婚，还有五天。

他们的第七、第八个问题是——

夫妻生活中理想中的家务分工是怎样的？现实与理想的冲突怎么解决？

有了孩子之后，觉得自己的家庭，是丧偶式育儿或诈尸式育儿吗？

❤ 爸爸最擅长什么 ❤

小群和多多放学回来，在小懒家一起写作业。

小群（拿着本子）：我的爸爸最擅长……哎，多多，你怎么写?

多多：你呢?

小群（苦思冥想）：气我妈妈? 不太好。玩游戏? 也不好。嗯……踢球吧，我爸爸貌似踢球挺不错的。对，就写踢足球（一笔一画在本子上写）。

多多：这有什么可犹豫的。

小群：你写好啦?

多多：嗯，你看（把本子推过去）。

小群（一字一顿地念）：我——的——爸——爸——最——擅——长——骂——我。

小懒 & 木木：……

❤ 老婆管得严 ❤

丢丢和阿橙、多多在面馆吃面。

阿橙：服务员，来瓶可乐。

多多（高兴的）：耶！

丢丢：不要。

阿橙：可是我想喝。

丢丢：我说了不行。

阿橙：你给我个理由。

丢丢：对身体不好，影响钙的吸收。而且多多也在，你喝他不可能不喝，影响多多长个儿。

阿橙：哎呀，偶尔喝一次没关系的。服务员，上可乐！

丢丢（暴怒，大吼）：我说了不行！（转头冲服务员）你敢上可乐试试！

服务员：……

阿橙（小声嘀咕）：管那么严，没法过了。

邻桌大哥（目睹了整个过程，突然插话）：兄弟，这有啥严的，我跟你说，我比你可怜多了。

阿橙：还有人比我可怜吗？每天上班那么辛苦，连喝个可乐都不让。

丢丢：没完了是吧？

邻桌大哥：唉，你是不知道。我悲惨成什么样呢，这么说吧，如果我想喝可乐我倒是能喝着。

阿橙：那有什么悲惨的？

邻桌大哥：我老婆会直接拧开盖子浇我头上。浇在头上的可乐顺着头发往下流，总能有一些流到嘴里……

阿橙：你闭嘴！

丢丢：……

❤ 去爬峨眉山 ❤

那是在成都。

小懒、木木、小群一家三口去爬峨眉山。

山势陡峭，天又下雨，小懒紧紧拉着小群的手，小心翼翼地在山路上走着。而木木很快就不见了踪影。

小懒（大声）：老公，下雨路好滑，我差点摔倒！（言外之意，你还不快点过来搀扶着老娘！）

木木（从远方传来呐喊声）：我知道了，老婆，你照顾好自己！

小懒（心酸，要老公有啥用啊）：……

❤ 你真勇敢 ❤

有一本绘本书，叫《你真勇敢》，讲述了小动物比谁更勇敢的故事。

每个小动物都挑战了自己的身体极限。比如蜗牛，从壳里走出来，绕一圈，再回去。比如青蛙，不吃蚊子，而是吞下一株比自己身体还要大的睡莲。所有小动物都拼尽全力想赢得胜利，唯独小麻雀表示：我不参加比赛。大家惊愕了好一会儿后，纷纷表示：不参加比赛，也是一种勇敢。

这个故事告诉我们什么道理呢？有时候，做是勇敢，不做不比，更勇敢。有时候，做，不一定就是勇敢，作死和勇敢还是有很大区别的。勇敢是，虽然害怕、不安，但因为明白是非，知道这样做是对的，仍然坚持前行。

小懒为什么要讲这个呢？因为她曾经跟小群一起读过这本书，所以以上为故事背景。

前几小群天放学回到家，小懒从小群的书包里拿出一张语文卷子，最后一道题，要求写出跟植物相关的四字成语。没想到小群竟然空着，一个字也没写。

以小懒对他的了解，他不可能不会。从他一岁起跟他亲子共读，到现在自己独立阅读，别的不说，就说最近在看的《三国演义》，随便想想就能拎出来几个：桃园结义、草船借箭、三顾茅庐、背若芒刺……

于是小懒带着“一千个为什么”，控制好情绪，笑眯眯地问他原因。

朋友们，你们猜，他怎么说？

小群：妈妈，不写，也是一种勇气。

小懒：？？？

❤ 木木不喜欢带钥匙 ❤

木木出门从来不带钥匙，也不喜欢按密码锁。

经常小懒在家写稿、看书时，他嘭嘭嘭敲门，超烦。

小懒决定反抗。

这天，木木刚出门，小懒看到他又没带手机，知道他一会儿肯定会回来取。

于是算好时间守在门口，酝酿好了一堆脏话，准备等他敲门时骂。

果然，没多久听到敲门声。

小懒（打开门，直接河东狮吼）：有手不会按密码开啊？你个神经病，我忍你很久了！

顺丰小哥（瞠目结舌，受到了很大的刺激和惊吓）：……

小懒（这辈子都不想发顺丰了）：……

❤ 你生什么气 ❤

小群三岁时，有天小懒哄小群睡觉，小懒唱了半个多小时的儿歌，小家伙扭来扭去，眼睛都不闭。

小懒瞪着他，所有耐心都被耗尽，欲哭无泪。

小群（非常无辜的）：妈妈你为什么生气？

小懒：因为你不闭上眼睛。

小群：那我闭上眼睛好吗？

小懒（大喜）：好的。

小群闭上眼睛，小手却没闲着，一会儿抠枕巾的线头，一会儿又拍手……一会儿趴下，一会儿站起来，一会儿又在床上爬……

小懒（长叹一口气）：哎，我可是真生气了。

小群（仍然闭着眼睛，仍然很无辜）：妈妈，我都闭上眼睛了，你还生什么气?

小懒：……

❤ 婚姻是爱情的坟墓吗 ❤

小白在客厅看钱钟书先生的《围城》。

小白：姐，你觉得婚姻是爱情的坟墓吗?

小懒：应该不是吧。

小白：怎么说?

（小懒回忆）

小懒和木木坐在客厅的沙发上。

小懒：木木，你还记得我们在古城时去看电影吗？那时的影院的人真少，每次去几乎都是包场。

木木（眼睛闪着光）：对啊，那是十二年前的事情了。

小懒：当你们共同度过许多年朝夕相处的岁月，某一天，你斜躺在沙发上突然同他讲起某件事，而他听到后，瞬间会意地大笑，眼睛闪着光，温情地看了你一眼，然后你会听到他说——是啊，十几年前的事情了。那一刻，你知道，在这个世界上，不会再有任何人给你这样的回答。

小白（若有所思）：……

❤ 空调引起的战争 ❤

一个夏天的深夜。

小懒被热醒。

小懒（摇了摇旁边熟睡的木木）：老公，我热。

木木（睡得迷迷糊糊）：哦。

小懒：你开下空调。

木木：好。

睡眼惺忪的木木站起来，开了空调。

但是，咋感觉越来越热呢？

小懒带着极大的困意爬起来，走到空调开关处一看——

好吧，木木老人家开的是热风。

小懒（使劲踹木木的屁股）：我让你开热风！我让你开热风！

木木（被疼醒）：你干吗？！

小懒：废话，看不出来吗？我在踢你啊。

木木：你神经病啊，大半夜的踹我！凭什么？！

小懒：我刚让你开空调，你为什么开热风？

木木：我哪里开的热风？瞎扯。现在明明是冷风啊！

小懒：你废话，这冷风是我刚才开的，我是被你开的热风热醒了，爬起来看到，原来你开的是热风，所以才生气踹你。

木木：拉倒吧，你有什么证据证明我开了热风？

小懒：你就是开的热风！

木木：你要是说，大半夜的，你就是想找个借口，想踹自己老公发泄压力，这我没话说。但你撒谎就不对了，我这么大的人了，大夏天的开热风，你少侮辱我的智商。

小懒：……我犯得着吗我，你开了热风还不承认，算什么男人。

木木：你个神经病半夜踹人屁股还侮辱老公的智商，你算什么女人！有本事拿出证据来！

小懒：咱家又没有装摄像头，我去哪儿拿证据。

木木：幸亏没装摄像头，你还能找个借口。要有摄像头，你不得自己啪啪打脸吗？

小懒：你滚，我懒得和你说话。

小群（被吵醒，吓得大哭）：爸爸妈妈你们在干吗？我不要你们吵架！

小懒：呃，爸爸妈妈没有吵架，我们……我们……（搂过木木）我们是在相亲相爱！

木木（相爱你个头）：呵呵呵，是啊，小群，爸爸跟妈妈是在……是在……哎（戏精上身）……好吧，既然被你撞到了，爸爸妈妈也就不再继续瞒着你了。

小懒：？？？

木木：其实我和你妈妈，是退隐江湖多年的武林高手，今天刚好是我们俩约好的十年之约，十年前，你妈妈曾经败在我的手下，我们约好十年后的今天再大战三百回合……

小群（眼睛闪着光）：啊，真的吗？

小懒：……

木木（仿佛刚从深深的回忆里走出来）：十年后的今天，我们终于等到你睡着，正准备大战三百回合，没想到你突然醒了。

小懒（你继续编）：……

小群（崇拜的）：哇，我要看爸爸妈妈大战三百回合！

小懒：……

❤ 教授奶爸 ❤

陈老西以公派访问学者的身份到美国某知名高校交流，为期一年。于是，陈老西、费费、小树一家三口搬到了美国西南部的小镇。

不料农历新年前，费费突然接到公司的通知，年后要回国到公司处理一些紧急事务。考虑到坐长途飞机和倒时差的劳累，费费和陈老西商量女儿小树的安置问题。

费费：有两个方案，一个是留她跟你待一个礼拜，我快去快回。还有一个就是我带小树回国，不过就得待久点，至少三个礼拜到一个月再回来，否则她吃不消的。

陈老西（不假思索）：别带她折腾了，我带她一个礼拜，你快去快回。

听到陈老西的回答，费费有点吃惊，平时小朋友的生活都是她一手操办的，陈老西连尿布都不会换，估计他就随口一答，还没意识到问题的严重性，所以必须让他意识到他的决定得是基于严肃思考的。

费费：你确定？你要负责她的一日三餐，四顿奶，便便了要洗屁股，睡前要洗澡，白天要陪玩，晚上要哄睡。

陈老西（突然回过神来）：呃……这个，就一个礼拜，应该能撑下来吧？

费费：要不明天你试验一下？我正好明天要出去，本来要带上小朋友的，要不我就不带她了，反正你明天在家休息，你带她半天试试？

陈老西：好啊！

第二天，趁小树睡懒觉还没起床，费费赶快开溜。

走之前，费费做好小朋友的早中饭，把她的尿布、零食、换洗衣服都放在沙发上。然后跟陈老西仔细交代了一遍。

费费：都清楚了？你确定能搞定？

陈老西（信心满满）：没问题，你放心去吧。

费费：嗯，我中饭后就回来，有事情打我电话。你真的 OK？

陈老西（不耐烦）：你要不要装个摄像头在家，直播小树版的《爸爸去哪儿》啊？

费费忐忑地开车出门办事了。

四个半小时后，费费到家一开门，看到满地的玩具，小树拿着调羹抹了一脸的酸奶冲她跑来。陈老西一看到费费进门，第一句话就是——

陈老西（亲人终于回来了，泪流满面）：还是你带她回去一个月吧，我来买机票。

费费：晕，我没见你打我电话，还以为你能搞定她呢！

陈老西（哭丧着脸）：我也想啊，可是手机不晓得被她丢哪里去了，现在还没找到呢！！！

费费：……

❤ 遇到问题怎么办 ❤

期末考试临近，小懒带着小群复习语文。

《小蝌蚪找妈妈》一文，讲述了小蝌蚪由蝌蚪变成青蛙的过程，同时告诉我们，遇到问题，要勇于主动地不断去探索。

小懒（循循善诱）：这篇文章告诉我们，遇到问题要怎么做呢？

没想到小群想也没想，脱口而出：遇到问题，要找妈妈。

小懒（差点吐出一口老血）：……

❤ 要把马甲留在幼儿园 ❤

冬天，小朋友在学校尤其要注意添加衣服，否则室内室外温差大，冷一下热一下，小朋友极其容易感冒发烧。

小懒给小群准备了一件羽绒马甲挂在学校教室外的挂钩上。这样每天到了班里，小群可以先脱掉厚厚的羽绒服，再穿上羽绒马甲，在教室里既不会满头大汗，也不会觉得冷。一切刚刚好。

有一天早上小懒去跟合作方开会，以往一向是小懒接送小群去学校，这次出门前，她不断叮嘱木木接送小群的注意事项。

小懒：你送小群到学校，记得提醒他，脱掉外套，然后穿上挂在挂钩上的马甲。放学的时候呢，要让他换上羽绒服，然后呢，马甲不能穿回家，要记得仍然挂在挂钩上，这样明天就能接着穿，记住了吗？

木木（不耐烦的）：记住了记住了！

小懒（还是有点不放心）：……好吧。

已经是晚上七点。

今天天气格外冷，晚上似乎降温了，冷得厉害。还在咖啡厅开会的小懒被冻得不停地跺脚。木木应该已经把小群接到家了吧，这个时间，还没打电话，看来木木接娃很顺利，小懒对自己不信任木木而感到惭愧。

正在此时，丢丢发来一条微信。

丢丢：你家今天啥情况啊？

小懒：咋了？

丢丢：这么冷的天，我都恨不得给多多穿两件羽绒服，你家木木倒好！

小懒：啊，咋了，出什么事情了？

丢丢：你家木木非要把小群身上的羽绒马甲扒下来。

小懒：……你看清楚了？

丢丢：我当时就在旁边啊。人家小群穿着羽绒外套，觉得天气太冷了，把挂钩上的羽绒马甲也套上了，你老公非不干，满学校追着你儿子跑，生生地把马甲扒了下来。

小懒（我貌似嫁了个傻子）：……

丢丢：然后小群一路上被冻得鼻子吸溜吸溜地。我当时还劝了一句，我说要不然这马甲就穿着吧。

小懒：木木怎么说？

丢丢：他说——你少捣乱。你是不是成心想让我挨小懒削？小懒千叮万嘱的，千万不能把马甲穿回家，要留在学校的。你要再劝我，就是挑拨我们夫妻的感情。

小懒：……

❤ 丧偶式育儿和诈尸式育儿 ❤

医院住院部，小群在输液，很是虚弱无力。

大家提了很多水果来看望小群。

丢丢：所以，小群昨晚就发烧了？

小懒：嗯，特别没精神，赶紧去了医院，没想到就变成肺炎了。

小白：搞不明白姐夫到底怎么想的。

小懒：别跟我提他，已经揍过了。要不是还得照顾小群，现在住院的应该是他。

丢丢：消消气……

小懒（气不打一处来）：你们说说，他到底怎么想的？我感觉我们家现在就是丧偶式育儿和诈尸式育儿的结合体。

阿橙：什么叫丧偶式和诈尸式？

小白：丧偶式育儿，就是爸爸基本上什么都不管，参与度极低。诈尸式育儿，是死又没死透，经常跳起来瞎指挥，破坏家庭团结，破坏胜利果实，尤其擅长扰乱、刺激妈妈的情绪和神经，严重影响家庭团结。

木木：呃……

丢丢：呵呵，阿橙也差不到哪里去。

阿橙：老婆，你可真是过奖了，至少我不会扒我儿子的衣服！

木木（从此以后不仅仅是在家里，在朋友圈里地位也是最低的了）：……

小白：所以，以后还有那么多年呢，就这么一直丧偶和诈尸吗？我不敢想将来我有了小孩会怎么样，我不可能像小懒姐和丢丢姐那样，为了孩子做出那么大的牺牲。可能我比较自私吧。

小懒：我跟木木昨天已经签了育儿合同。

丢丢 & 小白 & 阿橙：啥？

小懒：育儿合同规定，因为我不需要坐班，小群由我每天接送没问题，但是木木的节假日，所有的业余时间，都必须精心地陪伴小群，每周不低于十个小时。此外，他必须以身作则，培养小群两个以上的业余爱好。

莫羡：哪两个爱好呢？

小懒：足球和编程。

丢丢：怎么操作？

小懒：每周两个小时的编程课，木木给小群上。每周带小群踢两个小时的足球。剩下的六个小时，看电影、去博物馆、逛书店……他们两个人商量。如果有事去不成，可以请假，但要自己找时间补回来。

小白：如果做不到呢？

小懒：我俩没有明确规定惩罚措施，因为这个虽然表面上是个合同，还让木木和小群按了手印，但其实只是个仪式。说白了，是育儿的分工，作为父亲，会给孩子的一生带来影响。如果这个还需要惩罚性措施去督促，那么作为父亲，未免太失败了。

丢丢：有道理。你发我一份呗，我改改，让阿橙好好学习学习。

阿橙：……那个，老婆，呃，其实……呵呵，我不用，我又没有扒多多的衣服。

丢丢：但你经常让我丧偶式育儿，你也没少诈尸！

阿橙：可是……

小白（煽风点火）：哎，看看阿橙这不情不愿的样子，丢丢姐，我要是你，我早揍他了。

丢丢：阿橙，还记得多多造句怎么写的吗？我爸爸最擅长……骂！我！你不是还难过了一晚上没睡觉？要想有改变，就从这份合同开始。不然下次多多再造句——我爸爸最擅长诈尸……再说，你上次就跟我保证，说你一定改，别等我跟多多都寒心了（冲小懒使了个眼色）……

小懒（心领神会）：算啦丢丢，强迫人最没意思了，一定得是他心甘情愿地做才行，否则签了也没用。是吧，木木？

木木（一激灵）：老婆说得对，老婆说啥都对！

阿橙：为什么我会有种“城门失火，殃及池鱼”的感觉？木木都怪你，你要是不扒小群的衣服，能有这么多事？下次小懒有事接不了孩子，就让我们接，好不好？都是朋友，又是邻居，见什么外？

丢丢：你去接？你还有脸说！你指不定稀里糊涂把谁接回家，到时就不是签合同的问题，而是去验 DNA 的问题。

小懒：验谁的 DNA？

丢丢：他把哪个孩子接回来，就验哪个。呵呵呵，你们不知道吧，半个月前，我让阿橙去接多多，他把多多的同学韦伟给强行接到家里来了。

小懒：啥？

阿橙：这不怪我啊，他俩穿着同款的羽绒服，长得又那么像。

丢丢：哎，你们帮我分析分析，有没有这种可能，阿橙其实在外面有个小三，有个私生子，也在多多这个学校上学。那天他根本不是粗心接错孩子，而是不小心把那孩子接到原配这个家里来了……有没有可能是这样？

阿橙（面如土色）：丢丢，你打死我我也不敢啊。

小懒 & 木木：……

小白 & 莫羡：……

阿橙：……老婆我错了，你让我干啥我干啥。我签十份行不行，二十份也行！

丢丢：滚！

❤ 你为什么不吃晚饭 ❤

桌子上摆着红烧鸡翅、米饭，还有一盘木须肉。

小懒给小群盛好饭。

小懒：吃吧。

小群：妈妈，你为什么不吃晚饭？

小懒：呃，最近觉得自己有点胖，我要减肥，不吃饭了。

小群：那你一会儿吃什么？

小懒（皱眉想想）：西瓜？雪糕？煮花生？毛豆？黄桃罐头？我得琢磨琢磨。

小群：妈妈，我觉得我也胖了，我也要吃胖人吃的东西。

小懒：……

❤ 慷慨地付出，也坦然地接受 ❤

赵老师送来了从老家摘的一箱西梅。

小懒没有推辞，开开心心地接受了。

木木：最近你和赵老师联系很多呀。

小懒：嗯，礼尚往来嘛，我前几天也送了赵老师一篮子桃子呢。

木木：你以前貌似不是这样的，人家送你东西，你总觉得无功不受禄，常常拒绝人家。

小懒：我以前都错了。最近看书，有段文字说，人与人之间，在彼此不断付出和接受中建立起深厚的情谊。如果你总是拒绝接受，便是在拒绝和对方建立关系。

木木：所以呢？

小懒：所以，以后我会非常开心地接受朋友们的礼物。慷慨地付出，也坦然地接受。

木木（若有所思，点头）：你个大吃货，还挺能整，为了口吃的，真是拼了，还从书里找理论支持。

小懒：……

❤ 需要妈妈翻译一下 ❤

小群三岁时，和木木玩枪战游戏。

小群（拿着小木枪）：嗒嗒嗒嗒！

木木（满屋子窜，又关上门，不让小群进）：嗒嗒嗒嗒！

小群（哇哇大哭，哭声震天，眼泪啪嗒啪嗒落下）：呜呜呜呜，我不要爸爸离开我，我不要爸爸离开我！

木木（感动）：啊，小群对我的感情这么深了吗？我离开他的视线他就受不了，要我不要离开他，呜呜呜呜，我好感动，他从来没有对我这样过！啊，这就是做爸爸的快乐和满足！

小懒：……

小群（仍然大哭）：呜呜呜呜，我不要爸爸离开我！

木木：爸爸这不是来了嘛，别哭别哭。

小群：呜呜呜呜，我不要爸爸离开我！

木木：我没离开你呀！

小群（越发哭得急）：呜呜呜呜，我不要爸爸离开我！

小懒（看不下去，说出真相）：那个，小群的意思是——爸爸，在小群用手枪打你的时候，你不要离开我。

木木：才不是，小群怕我不跟他玩，怕我离开他。

小懒：no no no（不不不）！小群是希望，当他用手枪打你的时候，你不要离开他，你要中弹倒地死去。是不是这样，小群？

小群（边哭边说）：是的，妈妈说得对。爸爸，我开枪打你的时候你不要离开我……

木木：……

❤ 基因交换 ❤

小懒二〇一八年的这个本命年过得非常辛苦且艰难。

因为耳朵出问题，做了两次全麻手术。那时小阔还小，刚刚出生四个月，小懒早就没什么奶水了，于是小阔只好喝奶粉。

刚好遇到一位好邻居，她家娃比小阔晚一个半月出生，母乳充足，了解小懒的情况后，每周给小阔送来两三袋吸好的母乳。

谁能想到小阔又过上了有母乳喝的日子，真是感激万分。

好邻居的大儿子呱呱，八岁，知道了这件事，兴奋地问小懒——

呱呱：阿姨，你家弟弟喝了我妈妈的奶水，咱们两家是不是这样就完成了基因交换？

小懒（小朋友你想太多了）：……

❤ 少年与花儿 vs 理想与现实 ❤

小懒在刷微信朋友圈，突然大笑。

木木：老婆你笑啥？

小懒：你知道咱们邻居慧慧吧？

木木：咋了？

小懒：她一胎生了个男孩，起名为——少年。三年后生了个女儿，起名为——花儿。

木木：这俩名字真好听！

小懒：是吧，要不是看她刚才的朋友圈，我也跟你一样的想法。

木木：怎么了？

小懒：刚才看她发朋友圈在抱怨，说少年老打花儿，咋办？哈哈哈！

木木（笑点真低）：……有什么可笑的吗？

小懒：这就叫理想和现实的区别。理想里她有花儿，又有少年。但现实很残酷，少年与花儿不团结，少年老打花儿。

木木：……

❤ 理想的家务分工 ❤

窗外，周老师在遛狗。

而赵老师，根据小懒的了解，还在睡懒觉，不到中午十二点，是不会起床的。这是赵老师多年的生活习惯。

小懒：唉，好羡慕赵老师，每天都可以睡懒觉。他们家家务分工真好，赵老师负责做饭做家务，周老师负责遛狗管儿子，作为丈夫和父亲，周老师真是体贴又善解人意。

木木：你也可以睡啊。

小懒：我睡个屁咧睡。小阔每天六点就醒，小群每天七点半得送去上学，怕是要到他上了大学之后，我才能舒舒服服睡个懒觉。

木木：那你想我怎样嘛！

小懒：我想你变成女人，每天伺候小群、小阔吃喝拉撒睡，然后再侍寝。

木木：……可是我什么也不想干啊。我每天上班那么累，到家了就想休息。

小懒：我每天在家里写稿，还要伺候孩子，每天那么累，看到你回来，就想揍你。

木木：……

丢丢：我可不想阿橙变成女人，我理想中的家务分工，就是阿橙做所有家务，我每天花钱、花钱、花钱。

阿橙：谢谢你老婆，我跟你想的相反，我就想你做所有家务，我每天玩游戏、玩游戏再玩游戏。

小白：所以自私是人的本性，你们两对夫妻，就没有一对正经的。

小懒：男主外、女主内的模式早就淘汰了，现在拼的就是谁看不下去，谁干得多。现在我家倒是请了阿姨，所以主要矛盾是育儿矛盾。

丢丢：有钱就请保姆、小时工做家务，我们负责谈情说爱，夫妻感情、亲子关系持续良好。没钱呢，就斗智斗勇，实在不行混合双打，谁输了谁干……

阿橙：……这话说的，老婆，还不是我让着你，否则真打起来，你觉得我能打不过你？这点你必须承认吧，现在咱家的家务，至少百分之七十，是我干的吧。

丢丢：对啊，你这话说的，咱俩结婚，如果咱家既没钱请阿姨，混合双打你又不让着我，我图什么呢？图你嘴贱？

阿橙（闭嘴）：……

小白：好吧，你们看今天的新闻了吗？以浙江省为例，二〇一八年，全省法院离婚纠纷案件共有近五万（四万九千八百零四）起，有百分之三十四的离婚纠纷因生活琐事造成，百分之三十因分居造成，分居成为离婚的第二大原因。

莫羡：我也看了这则新闻，上面还说，感情基础薄弱、家庭暴力、性格差异、缺乏沟通等等都是造成离婚的因素。司法大数据还显示，婚后二至六年是离婚的高峰期。提出离婚的，二十五岁以下的女性占了大头，三十岁以后男女比例逐渐接近，到了五十五岁以上则是男性居多……

丢丢：你俩突然说这个是什么意思？

小白：我是想说，你们因为家务分工、带孩子等问题，恨不得一天打八顿，居然一直过了这么多年。

莫羡：对，我觉得你们除了家庭暴力没有，其他都占全了……我俩就是想不明白。

阿橙：谁说我们感情基础薄弱？

丢丢：性格差异？搞没搞错，我们哪有什么性格差异。

小懒：缺乏沟通，呵呵呵，才没有，我跟木木每天话多着呢。

赵老师：家务分工，其实是没有合理不合理的，现在生活节奏这么快，工作那么累……所以爱得更多的那个，妥协得更多，牺牲得更多。

小白：小懒姐，丢丢姐，你俩不是一直抱怨木木和阿橙这不好那不好吗？

周老师：要我说，小白和莫羡太单纯，只看到丢丢和小懒表面上的抱怨，没看到人家骨子里的恩爱。那些抱怨你们要是当真，那就太天真了。

丢丢（护短）：对啊，再说了，我说阿橙的坏话可以，你们说就不行。

小懒（非常护短）：对，我说木木，那是因为我是他老婆有说他的权利，你们算什么东西，敢说木木！

小白 & 莫羡：……

木木：对，只有小懒才可以说我的坏话！

阿橙（一致对外）：丢丢那么抱怨我，恰恰是爱我的表现，我不许你们这么说我和丢丢！

小白 & 莫羡：……

❤ 诗人小群 ❤

家里暖气足，阳光也好。阳台上的花，陆续长出了花骨朵，一簇簇的，一串串的，一枝枝的，一团团的。像是商量好了似的，连好久没动静的栀子花也来凑热闹，探出了几个花骨朵。

小群也注意到了这个景象，欢天喜地地跑过来——

小群：妈妈，咱们家有好多含苞欲放。

形容词用作名词。

真好。

只有孩子才会这么说。

小懒（暗想）：我儿子真是个诗人。

❤ 想休了添堵先生 ❤

小懒做完耳朵的手术后，耳后的切口，有两道浅浅的疤痕，有耳朵和头发遮挡，几乎看不出什么。但耳道因为磨骨成形，耳洞显得有些大。

添堵先生木木看到了，无心地来了一句——

木木：老婆，你的耳洞看着有点可怕。

晚上哄睡，小懒十分心塞，跟小群吐露心事。

小群（从床上坐起来）：妈妈，耳洞大，总比你之前病着、疼着强吧？那时你可是疼了一个多月，没法睡觉，也没法陪我，甚至都不能正常生活。

小懒瞬间想起疼得彻夜难眠的无数个夜晚。

释然。

还是小群看得通透。

想休了添堵先生。

木木：……

❤ 关于女孩比男孩发育早的问题 ❤

小懒观察了好几个与小群同龄的女孩，发现女孩发育早，体现在各个方面：语言表达能力啦，动手能力啦，思维能力啦……更有育儿专家说五岁男孩的语言表达能力仅相当于三岁女孩的语言表达能力。

同木木聊起这个话题。

木木：专家说得非常对，非常有道理。老实说，我早就有这个感觉了。你看啊，你是女人，我是男人，对吧？

小懒：所以呢？

木木：所以，你比我发育早，各方面条件都比我优越，语言表达能力啦，动手能力啦，思维能力啦……所以，以后你要多让着我点儿。

小懒：……

❤ 谁长得更帅一些 ❤

小群和小阔的长相还是有很大区别的。

小群呢，生得圆头圆脑，浓眉大眼，有着非常明显的南方人的特点，皮肤黑，且眼窝深陷，比较随木木。

小阔呢，尖脸，尖下巴，细眉弯眼，皮肤白，比较像小懒。

有一天，小懒心血来潮问小群——

小懒：你觉得你跟弟弟，谁长得更帅一些?

小群（瞄了小懒一眼，心中自是有底的，云淡风轻的）：姥姥说了，哎，还是小群长得俊啊!

小懒（你少臭美了）：……

第 九 章

距离小白、莫羡决定要不要离婚，还有四天。

他们的最后两个问题是——

如果时光倒流，还会选 ta 吗?

如果有一天，你的孩子问你，婚姻生活中，你最大的反思和感悟是什么，你要如何回答他?

❤ 单身汉木木 ❤

新房子一直是木木全权管装修的事，小懒从未插手，连根钉子都没管过，甚至收房后都没去看过。据小懒的解释：一来，是木木喜欢设计装修，小懒不喜欢操心；二来，很多夫妻因为装修房子的事情大打出手，甚至弄得婚姻破裂。小懒完全放手，其实是为了家庭团结。

木木（腹诽，不要脸）：……

眼看装修接近尾声，小懒决定突袭，在不通知木木的情况下，去现场看看装得怎么样。

装修经理：您还满意吗?

木木：不错不错，基本完成了我的构想。

装修经理：我说句不当说的话，你可别不愿意听啊。

木木：您说。

装修经理：你说你这么好的小伙子，咋到现在还没讨到老婆呢？！要不我给你介绍一个……

小懒（突然进门）：亲爱的，我来啦!

装修经理（惊愕的表情）：呃……

木木：哦，陈经理，我介绍下，这是我……

小懒（戏精上身）：你好你好，我是他女朋友。

木木（不明所以）：？？？

小懒：亲爱的，不好意思，我刚和我前夫办完离婚手续，来晚了。

木木（又开始演）：……

小懒：今天就可以让咱儿子迁到你的户口上了，以后我们再也不需要偷偷摸摸的了。

装修经理（好像不经意间知道了什么大秘密）：……

木木（一世英名毁于一旦）：……

❤ 多多的眼睛有些肿 ❤

早上起床，多多的眼睛有些肿。

丢丢认为没什么大碍，也许明天就好了。

但多多的爷爷不这么认为，觉得丢丢不是个负责任的好妈妈，非要带着多多去医院。

鉴于老人家比较固执，丢丢和阿橙只好跟着一起奔向了医院。

到了医院，儿童门诊人满为患，医生开了验血验尿的单子，很快出结果。

多多爷爷（手里拿着两张化验单，嗓门震天响）：医生，咋回事啊，刚才护士给开了尿常规和血化验，检查都正常，那为啥我孙子的眼睛会肿成这样呢?

医生：感冒了吗？发烧吗?

多多爷爷：不流鼻涕也不发烧，喉咙也不痛。

医生（皱着眉头，盯着多多看了一会儿）：昨晚吃的啥?

多多爷爷：粥、养乐多，还有一瓶果汁外加俩橙子、两瓣西瓜。

医生：嗯，以后睡前少喝点水。

多多爷爷：……

丢丢 & 阿橙：……

❤ 我和小伙伴的优点 ❤

小群前几天的苦恼是，班里有个孩子，每当有人表现得比他好一点，他就会编造一些“坏事情”，并大嚷、起哄，想要引起周围人对比自己表现好的孩子的围攻。

比如——

小群：妈妈，我第一个去交作业，我很安静地走到老师那里，R 看到我，就大喊我的名字，叫着“你撞到女同学了！你太坏了，你欺负人”！

小群（非常委屈）：妈妈，我保证我没有碰到任何人，我走路很小心的。

小懒：后来呢？

小群：我就跟他说——我没有，你不要造谣。然后他就大喊——林小群还撒谎！真讨厌。

小懒：听起来确实让人不舒服。这样会让那些不明白真相的人听信他的话，你也会被老师误解。

小群：更过分的是，他很快写完作业，强行插队到我前面，我就把他推出去，让他排队。

小懒：啊，还有这样的事情？

小群（气呼呼的）：还有一次，我们班另外一个同学作业写得好，得了全部的小红花，R 没有，他就去打那个同学，一边打还一边说——你没得到所有小红花。

小懒：他去打表现好的同学？

小群：是的，我觉得 R 不应该这么做，他应该表现得更好才对。

小懒：你说得很对，每个小朋友都要遵守规则，不能因为别人比自己表现好，就歪曲事实，恶意攻击他人。

那个孩子的家长小懒见过，有一次小懒在校门口接小朋友，听到他家人在跟其他家长吹嘘自己的孩子有多好："我们家孩子，所有人都说，他是最聪明的，做什么都比其他孩子好，所有人都喜欢他……"

现场很尴尬，因为这么多孩子的家长站在那里，家家都有孩子，你偏要说，你家孩子比所有孩子都好……想来，这就是问题的根源吧。

小懒：你记不记得，妈妈经常跟你玩"找找我和小伙伴的优点有什么"的游戏？

小群：记得，我知道我所有好朋友的优点！小木特别坚强，别人使出多大力气打他他都不哭；小小的表达能力可好了；壮壮呢，我讲啥笑话他都笑……（滔滔不绝地说着，丝毫没有停下来的意思。）

小懒：每个小朋友，都有他特别擅长的事情和特别优秀的一面，但没有任何人是"最聪明、最棒"的。我们要知道自己的优点是什么，也要看到别人的优点是什么。知道自己哪里棒，你会很自信，知道小伙伴哪里棒，你会懂得欣赏。是不是？

小群（点点头）：嗯，我还知道妈妈的优点。

小懒：谢谢你，宝贝！

so（所以），正在看这本书的读者朋友们，如果你家有小朋友，多跟 tɑ 玩玩"我和小伙伴的优点是什么"的游戏吧。一来可以锻炼小朋友的观察能力和总结能力；二来，也更有利于小朋友在学校的社交生活，家长也会有很大的收获呀。

❤ 已知，求解 ❤

深夜，小懒睡得正香，突然听到木木的狂笑声——

木木（闭着眼，躺在床上，咧嘴大笑）：哈哈哈哈！

小懒（被惊醒，诧异的）：你怎么了？梦到什么了？

木木（闭着眼突然坐起来）：你知道吗？

小懒（好害怕，强装镇定）：啥？

木木：以前我们只能用上游的水洗菜，现在下游的也可以洗了，哈哈哈哈！（说完倒下，继续沉沉睡去。）

那么问题来了：现在正在看这本书的读者朋友们，已知木木在以上场景说了以上的梦话，求——木木到底做了什么梦？

❤ 肇事者与保护者 ❤

那时小群一岁半。

有一天他骑着扭扭车从小懒的脚上碾过。

小懒（疼得直咧嘴）：哎哟！（蹲下来捂着脚，说不出话。）

小群（也蹲下来，无辜且关切地问）：妈妈，你怎么了？你怎么了？别怕，我在呢。

小懒：……

❤ 如果时光倒流 ❤

小伙伴们围坐在小懒家的客厅，电视上，正在播放韩剧《告白夫妇》。

为了保住自己的饭碗，面对领导卑微得像条狗的崔半岛，在一个风雨交加的夜晚，被女主角——一个不修边幅的中年大妈马珍珠误会出轨，愤而提出离婚。不料竟引得时光倒流，双双回到了最美好的二十岁，在大学校园这个恋爱的温床里，彼此都认为是对方毁了自己的人生的昔日夫妻，开始全新的生活……

小白：如果时光真的倒流，你们还会选择身边这个人吗？

莫羡：电视剧难免落入俗套，最后肯定是男主角和女主角各自反思自己的错，不论有多少帅哥美女深爱着他们，依然重新爱上了对方。

丢丢：你这么问，我倒是想起很久以前的一件事。

小懒：遇到阿橙之前吗？

丢丢：嗯，那是我刚毕业的时候的事情了……

（丢丢的回忆）

丢丢和初恋男友 Barrett 毕业时决定分手。

Barrett 的父母在老家深圳有个工厂，让他回老家子承父业。丢丢拿到了某世界五百强北京分区的录用信。两个人都希望对方能为自己妥协，但众所周知，他们最终以分手收场。

但其实，丢丢送 Barrett 去火车站，在火车进站时，有那么一瞬间，是做出了妥协的。

她紧紧抱着 Barrett，告诉他自己后悔了，她也要去深圳。但 Barrett 只是掰开她的手指，独自一人上了火车。

火车开走后她收到了 Barrett 的短信。

“对不起。如果你能早点做出这样的决定，也许我们真的就不用分开。我不忍心用你的牺牲来赌你下半辈子的幸福，也许分开就是最理智的做法。感谢你在最后的时刻为我做出妥协，虽然这妥协看上去并不那么坚定，更像是以退为进，期待着我做出同样的妥协。”

……

小懒：这个 Barrett 真是猴精猴精的人了，换成别人，看到你哭成那样要跟着去深圳，早缴械投降说自己留在北京了。

丢丢：说白了，还是我俩过于了解对方，即便最后一刻也还在做最后的试探。

阿橙（酸溜溜的）：他现在怎么样?

丢丢：还行吧，听说是他们区的首富。

阿橙：……结婚了吗?

丢丢：早结了，一儿一女。

木木：啊，所以丢丢错过了成为区首富老婆的机会啊！

阿橙（阴阳怪气的）：区首富有什么好的，不就是钱多一点嘛。

小白：所以，如果时光倒流，你会在最开始选择跟他去深圳吗?

阿橙（紧张地看着丢丢）：……

丢丢：应该会。但并不是因为他成了首富，而是他曾经是我的初恋，见证了我最最青涩的少女时代，我想知道，如果我当初早早做出妥协，会过着怎样的人生。

阿橙（鼓着腮帮子，气呼呼的）：……

小懒：阿橙，你生什么气，你跟丢丢结婚那么多年，难道还不了解她？她要是贪图钱的话，哪儿轮得到你，当时跟你同时期追求丢丢的，据我所知可至少还有两个人，你是里面赚钱最少的那个……

丢丢：还是小懒了解我。

阿橙（仍然不高兴）：……

莫羡：丢丢姐，假如你当初嫁给了 Barrett，你觉得跟你现在嫁给阿橙比，哪方面会得到最大的改善?

阿橙：你这有点儿过分了吧，我还在这儿呢。

木木：对呀，不许你们这样欺负阿橙。快点说说，是不是比嫁给阿橙过得好多了?

丢丢：我想想啊……

小懒（看热闹不嫌事大）：你慢慢想。

丢丢（眼睛一亮）：最起码，多多能让我省心了吧。

阿橙：你啥意思？你都跟别人结婚了，哪儿还有多多?

丢丢：多多在这里，代指我跟我另一半的孩子，即便不跟你，我跟别人结婚肯定也会生孩子。

小白：多多咋就让你省心了？

丢丢：最起码，多多的乘法口诀不会背得那么差吧。你们看看！

丢丢打开微信，点开班主任刘老师发来的一段视频。

视频中，多多正在被抽查乘法口诀：

二八三十四

四六一十九

七八四十五

三九二十一

九九六十七

……

众人：……

小懒：啊，我觉得我被洗脑了，我现在完全不知道几乘几等于多少了。

阿橙：……

丢丢：是吧？仅仅这周，我就被刘老师叫到学校谈了两次话。知道我有多抬不起头吗？我当年可是我们省的数学状元，这锅，得阿橙背吧？

阿橙（转怒为喜）：哈哈哈哈，我的责任我的责任，老婆，都怪我！

小懒：你咋突然又这么高兴？

小白：就是，跟中了大奖似的。

木木：他高兴是因为觉得丢丢确实不在意物质生活，他觉得没让丢丢过上醉生梦死似的有钱人生活，挺内疚的。

阿橙（感动的）：还是我兄弟了解我。

丢丢：要我说，阿橙，你要是那么没有安全感，不如吃点什么傻子灵、醒脑药之类的，只要你提高智商，不让多多被你拖后腿，我应该都不会抛弃你。

小懒 & 木木（傻子灵是什么鬼）：……

阿橙：……

小白 & 莫羡：……

❤ 直男的生日礼物 ❤

小懒的生日。

和木木老夫老妻的，最近连结婚纪念日都没怎么庆祝，隐约觉得这样下去会出大事的小懒，决定紧急叫停木木的这种“老年痴呆”行为。

小懒：为了提高咱俩的婚姻质量，你必须送我个礼物。

木木：行行行，送礼物就送礼物呗，咋还跟婚姻质量联系上了。

小懒：本来就是啊。连生日都没礼物，咱俩的婚姻得是多走下坡路……

木木：买，老婆让买一定买，你等着吧。

小懒（隐约有点担心）：你可别乱买，随便买个平时我能用得着的就行，也别太贵，否则我会心疼。实在不行，你就买束花，我也会很高兴的。

木木（不耐烦的）：我知道了。

晚上，木木神神秘秘地递过来一个纸袋。

木木：老婆，生日快乐。

小懒（伸手接过，慢慢打开纸袋，心里自然是很高兴的）：你买的啥?

木木：你看嘛。

小懒：一把……一把扇子?

木木：对啊，喜欢吧? 我在我们公司楼下的商场逛了很久，终于决定就买这个!

小懒：呃……那个，你是怎么想到买这个的呢?

木木：导购小姐说，现在流行送这个啊!

小懒（老子的话你不听，导购小姐一句话你就买了）：所以，我说让你买个平时用得着的……

木木：当然，你看，这把扇子会变色，还有这颗珠子，很贵的!

小懒：呃……

木木：当你写作没有灵感时，你就扇一扇——哇，厉害了，灵感堆成山!

咦（自己回味了一下），还挺押韵！

小懒：……还有呢？

木木：你知道诸葛亮吧？

小懒（我还没有文盲到这种程度）：知道。

木木：你看人家诸葛丞相是不是时时刻刻都拿把扇子？

小懒（到底什么脑回路）：所以……

木木：所以，我这么好的礼物，老婆，你是不是特别喜欢？

小懒：那个……你不觉得，喀喀喀喀，那个，“扇”有“散”之意吗？有诗云，送扇从此难相见……

木木：啊，你居然知道这个，我同事也这么说，还说我肯定会被你骂。

小懒：……你同事跟你说了你还买！

木木：我说我老婆怎么可能是那么肤浅的人！ “扇”与“善”同音，本来就有“善良” 的意思，我这是说我老婆很善良啊。还有扇子有“散子”——生贵子、开枝散叶的意思，今年我们又有了小阔，这不是很应景吗？

小懒（居然无法反驳）：……呃。

木木：我同事还说，如果你不生气，他给我一百块钱。如果你生气，我给他一百块钱。

小懒（算了，为了一百块钱，忍了，但为什么感觉自己被套路了）：……

❤ 小群的秘密 ❤

那时小群两岁。

有天晚上，小懒搂着小群。

小懒：晚安，我的爱。

小群：晚安，我的妈。但是，妈妈，睡觉之前，我想告诉你一个秘密！

小懒：太好了，我最喜欢你和我分享秘密了。

小群：你知道吗，妈妈，这个秘密就是——每当我要上大号的时候，我的身体里就会有一个等待。我必须拼命忍住、忍住再忍住，可是如果时间太久的话，这个等待就没有了，这个时候就会很麻烦了。

小懒（真是个天大的秘密）：……

❤ 熊孩子们的友谊 ❤

小群家和多多家两个家庭去短途旅行。

在酒店大厅，小懒看到小群拆了袋彩虹糖，吃吃停停，剩下小半包，他突然包好放在口袋里。

小懒：咦，怎么不吃了？

小群（看看小懒）：我得留给多多吃。

大人们要去退房，下楼后两个小朋友见面，嘀嘀咕咕、神神秘秘不知道说了些什么，很快两个熊孩子跑到外面的角落，背对着家长们，似乎在热聊。

有景区的车陆续开过，怕他俩跑到小路上去，小懒追出门，慢慢走近。

小群：我帮你放风呢，吃吧，你妈看不见。

隔着刻意挡住多多的小群的身影，小懒看见多多手里不知何时已经攥紧了那半袋彩虹糖，小手掏出几颗黄的、绿的、红的圆粒小糖果，正往嘴里塞。

小群（语气温和，充满怜爱）：柠檬味、青苹果味还有草莓味，都很好吃，你慢慢吃，你妈来了我就告诉你。

多多（心领神会，感激地点点头，带着瞒着大人的刺激和吃到糖的满足感，笑嘻嘻地吃着一颗又一颗糖）：嗯嗯。

真是太有爱了。

可此时俩孩子看到小懒，脸色大变。

多多：阿……阿姨……我爸爸妈妈不让我吃糖，你千万……我就这一次……

小懒（一起做叛徒吧，赶紧安慰道）：没事，吃吧，多多，我也帮你看着你妈！

❤ 你是不是还是会选我 ❤

木木出差。

貌似因为忘记换水，家里鱼缸里的金鱼又死了。

多肉不知道什么原因，枯死了两盆。

笔记本电脑不知道为啥，一开机就弹出键盘屏幕，每次都得手动关。

贴在门上的水费单提示着需尽快交水费，但是应该去哪里交，木木出差前又没告诉小懒。

家里的宽带真是奇怪，客厅没信号，卧室没信号，只有餐厅有信号……

晚上，小懒打电话跟木木抱怨。

木木：哎，你说说你，我不在，家里乱成啥样了。（骄傲的语气）你对我依赖性太强了！

小懒：屁！

木木：还不承认！那天小白的问题你回答一下，如果时光倒流，你是不是还是会选我？

小懒（打肿脸充胖子）：哼，才没有！我肯定选别人啊，一辈子就那么一次，我很想知道另外一种人生的样子。虽然小群、小阔那么可爱……

木木：你就是嘴硬，当初还不是被我迷得神魂颠倒的！

小懒：不要脸！你哪里来的这么大的自信。

小懒和木木在电话里聊得正欢。突然，整个房间似乎被切断了电源，一片漆黑。

小懒：啊，老公，是不是停电了？灯都灭了。

木木：你去看看楼道里的灯亮不亮。

小懒（打开门查看）：亮着呢。

木木：哦，是咱家的问题，不是停电了。

小懒：那应该怎么办呢?

木木：买电充电就好了。

小懒（结婚十几年，从来没有买过电，慌了手脚）：啊，要去买电？大晚上的，去哪里买？这么晚，也不好打车。银行还开门吗？是不是都下班了？天哪，不会一晚上都得黑着吧。

木木：不需要，网上买就行。

小懒：那你废什么话，赶紧买。

木木：我不！

小懒：……啥?

木木：我不买！

小懒：为啥！

木木：谁叫你说如果时光倒流，你会选择别人。

小懒：……

木木：除非你承认，不论时光倒流多少次，你都会选我。否则我就是不买电！让你黑灯瞎火地度过一个又一个夜晚。

小懒：你废话少说，赶紧充电。

木木：我不！

小懒：……

木木：你嘴硬是吧，看谁能耗得过谁！

小懒（好汉不吃眼前亏）：好吧，老公，我错了，不论时光倒流多少次，我都会选你！

木木：再说一遍！

小懒：老公，不论时光倒流多少次，我都会选你！

木木：没诚意，这样，我说，你重复。

小懒（你给我等着）：好……

木木：当年我对木木一见钟情，我认识的所有男人里，我所讨厌的他们的缺点，木木一个都没有。我一年比一年更爱木木，是木木让我从一个自卑、神经质、敏感、抑郁的人变成了平静、乐观、积极向上的人。所以不论时光倒流多少次，我都选木木！

小懒：你神经病啊，这么长！

木木：所以我把文字敲给你了，你到底念不念？！

小懒（咬牙切齿）：行，我念——当年我对木木一见钟情，我认识的所有男人里，我所讨厌的他们的缺点，木木一个都没有。我一年比一年更爱木木，是木木让我从一个自卑、神经质、敏感、抑郁的人变成了平静、乐观、积极向上的人。所以不论时光倒流多少次，我都选木木！

木木（得意的）：哈哈哈哈，好，乖，我这就买电去。

三分钟后，灯亮如昼。

啊，我热爱光明！

小懒还在抒情，忽然听到微信消息提示音响个不停。

原来是木木在群里发了一段 MP3 语音文件。

点开后，没想到是小懒的声音——

“当年我对木木一见钟情，我认识的所有男人里，我所讨厌的他们的缺点，木木一个都没有。我一年比一年更爱木木，是木木让我从一个自卑、神经质、敏感、抑郁的人变成了平静、乐观、积极向上的人。所以不论时光倒流多少次，我都选木木！”

木木：阿橙，现在知道哥们儿的家庭地位了吧。你要加油哦！你要多吃健脑灵哦！

小懒：……

阿橙（重磅一击）：……

丢丢：……

小白 & 莫羡：……

❤ 你用什么爱我 ❤

小群两岁半时，最喜欢说——妈妈，我好爱你呀。

早上刚醒来时，晚上要入睡时，都要反复说。

小群（奶声奶气）：妈妈，我好爱你呀。

小懒：小群，我也好爱你呀。对啦，你准备拿什么来爱我？

小群：妈妈，我拿我的小玩具，还有我的心来爱你。

木木：我也要小群这样爱我！

小群：都在妈妈那里，用完了。

木木（伤心）：……

❤ 小懒的情书 ❤

为了见你，我鼓起十万分的勇气。

此前的自卑、彷徨、犹豫……全部抛到脑后。无数次想放弃，知道你绝不会给我满意的答案，依然贱兮兮地抛弃多众亲朋好友，偷偷一个人，带着义无反顾的决心和勇气，朝你而来。

你会给如此卑微和虔诚的我，一个美好的回复吗？

木木（读着字条上的文字）：小懒，你为什么要在咱家的体重秤上贴这么一张字条？

小懒：我以为我给体重秤写一封情书，它就会对过年胖五斤以上的我手下留情啊。

木木：呃，那么……它……怎么回复你的？

小懒：没想到它是包拯，铁面无私……一点也不讲私情，以后我再也不跟它好了。

木木（神经病）：……

❤ 你有什么事情 ❤

多多在小懒家玩，说好了晚上九点半丢丢来接他回家。

到了时间，果然有敲门声响起。

跟小群玩得正开心的多多瞬间脸色发白。他知道，肯定是妈妈来接他了，当下非常沮丧。

小懒靠在门边，饶有兴味地看着。

多多（非常沉着地走到门前）：谁呀？

丢丢：是妈妈啊。

多多（并不开门，继续沉着地问，揣着明白装糊涂）：啊，原来是妈妈啊，你……你来小懒阿姨家，有什么事情吗？

丢丢：……

小懒：哈哈哈，太可爱了这孩子。

多多：如果没有什么事情的话，不要来这里，大家都睡了，你这样做，会打扰大家休息的。

丢丢：……

多多：你不是常教育我，做人要有涵养，要讲礼貌吗？妈妈，你这样做很没礼貌知道吗？

丢丢（怒吼）：少废话，给我滚回家！

多多：……妈妈，你就不能温柔地对待你的孩子吗？你这样太粗鲁了。

丢丢：……

小懒：……

❤ 灵机一动 ❤

小群两岁时的一天。

小懒洗碗、拖地，把所有碗筷放入消毒柜消毒，累得不想说话。

小懒：木木，你哄小群睡觉吧。

木木（痛快的）：好嘞（夹起小群就往卧室走）！

小群（使劲挣扎，大哭）：我要妈妈！我要妈妈！

小懒（累，不想动）：……

小群（敏感地察觉到了小懒的态度，决定改变策略）：妈妈救救我，妈妈救救我，爸爸要把我卖了！

小懒：……

木木：……

❤ 婚前婚后的最大区别 ❤

丢丢和小白去喝咖啡，竟意外地遇到了阿橙和合作方谈事情。待到客户离开，他们便一起喝咖啡。

丢丢（感慨的）：算下来，我跟阿橙好久没在一起喝咖啡了。

阿橙：是啊，少说也有两三年了。

小白：啊，这么久，太惨了。结婚好可怕……话说你们有过幸福的时候吗？婚前最幸福的事情和婚后最幸福的事情是什么呢？

丢丢：婚前最幸福的事情，是见到他。婚后最幸福的事情，是见到他做家务！

小白：……

阿橙（既然如此，就不要怪我不客气了）：婚前最幸福的事情是听她说话，婚后最幸福的事情是见到她闭嘴。

丢丢：……

小白：……

❤ 驴脾气 ❤

语文课上。

有一篇课文涉及“驴脾气”这个词，于是老师启发小朋友：你发脾气时，妈妈叫你什么？

小群：贼孩子！

众同学：……

语文老师：……

❤ 这是我的自由 ❤

小群三岁时，有那么一段时间，在迅速地发展自我，并且时不时把“这是我的自由”挂在嘴边。

这天，小懒要上厕所，小群非要搬个小板凳在旁边坐着等。

小懒：我要关上门了，你为什么非要看着我？

小群：我上厕所时，你为什么非要看着我？

小懒：因为我怕你掉下去。

小群：我也怕你掉下去啊。

小懒：……好吧。

小板凳离客厅的地面有十几厘米高，小懒怕小群掉下去，直接连人带板凳往里搬了搬。

小群（十分不高兴，把板凳挪回去）：妈妈，你动我的板凳，我不同意。

把板凳放在这里，是我的自由。

小懒：……

❤ 如果有一天，你的孩子问你，婚姻生活中，你最大的反思和感悟是什么，你要如何回答他？❤

电影之夜，朋友们约好去看一部影片的首映。小懒、木木、丢丢、阿橙、小白、莫羡陆续进了影厅。突然，从最后一排的角落里传来一个中年女人歇斯底里的声音——

“你怎么在这儿？你不是说去上补习班吗？

“刚才亲来亲去的干吗呢？不要脸。你给我滚出来。”

……

大家听了几句，总算明白。原来是读高中的女生跟妈妈撒谎说去上补习班，实际上偷偷跟男朋友出来看电影，赶巧不巧，亲妈约了闺密来看电影，两个人竟然在同一个电影院遇见了……

于是在电影开场前，女生被亲妈在大庭广众之下，拖出去了……

看完电影，大家的心思还在那个女生身上。

小懒：刚才那个妈妈有点失控了，公众场合，至少给女儿留个面子，这都二〇一九年了，有什么事不能私下里单独说呢。

木木：最可气的是那个男生不是吗？竟然吓得一声不吭，丢下女生一个人跑了。

丢丢：是啊，真为这个女生不值，可怜她还那么倔强地一声不吭。

阿橙：鄙视那个男生。懦夫！小丑！

小白：我其实更担心这个女生的将来啊……不知道会被亲妈管成啥样，会不会不相信爱情、不相信男生了？会不会有心理阴影？

莫羡：唉，本来是培养孩子良好恋爱观的关键时刻，却闹成这样。

小白：如果有一天，多多和小群长大了，问你们，在婚姻生活中，你最大的反思和感悟是什么，你们要如何回答呢？

丢丢：勇敢去爱，不要被任何人左右，哪怕对方是你亲妈。说为你好，可最后的结局就是你一个人背，没有任何人能代替你背。

阿橙：婚姻需要不定时调整彼此的心态和策略，要有强大的内心，不要害怕改变和成长。

小懒：年轻的时候，要多去看看这个世界，多遇见不同的人，这样才知道谁是那个真正适合你的人。不要试图改变对方的不良习惯，只能包容和适应。以及，不论发生什么事情，都要用温和而坚定的方式解决。

木木：对待配偶，看大放小，不能任何事都计较。

小白（复制粘贴到手机中的记事本里）：哇，你们说得真好。

莫羡：话说，你们自己都做到这些了吗？太厉害了，真是听君一席话，胜读十年书。

小懒 & 木木 & 阿橙 & 丢丢：当然没有。

小白：那你们还这么说？

丢丢：你俩只是问我们最大的反思是什么，可没说，要求我们一定做到啊。

小懒：对啊，我们要是做到早成仙了，哪至于天天吵架。

木木：没错，我们虽然做不到，没准小群、多多能做到。

阿橙：对，多多、小群，要加油啊！未来的世界，靠你们了！

小白 & 莫羡：……

❤ 连个苹果的信任都没有 ❤

小懒递给木木一个苹果。

小懒：老公，吃个苹果。

木木（并不伸手接，淡淡地看着）：洗了吗？

小懒：嗯，洗了，吃吧。

木木（仍然不伸手接，狐疑的）：洗干净了吗？

小懒：当然洗干净了，使劲搓了很久，而且我买的是有机苹果，可以带皮儿吃的。

木木（盯着小懒悬在半空中的手和苹果，仔细观察）：我咋觉得你洗得不太干净呢？

小懒（暴怒，把苹果砸在木木身上）：你到底吃不吃？跟我摆什么大爷谱？爱吃不吃。

木木：哎，你这个人，就是脾气不好。好好说话呢，咋还动用武器？

小懒：我对你这么好，好言好语地伺候你，苹果给你洗好了，你这么挑剔，我手搁空中都快长毛了，你什么毛病？当自己是皇帝呢？

木木：我这样问，有什么问题吗？你平时毛手毛脚的，洗苹果肯定洗不干净。

小懒：是不是你没觉得我在苹果里给你下毒药，我就得感谢你？

木木：倒也不是。

小懒：咱家定个规矩，以后老娘给你吃的，正确的做法是，感恩戴德地接过——老婆，你对我真好，老婆，我爱你。知道了吗？

木木：可是万一你没洗干净呢？万一我吃了你的东西，腹泻、呕吐、闹肠炎，被送到医院进行紧急抢救呢？万一遇到个庸医，我的小命嗝屁了呢？

小懒：不是，咱俩是夫妻，难道连这点信任都没有吗？

木木（皱眉想了一会儿，脑子里浮现出小懒撞桌角、打碎盘子和碗、做饭烧掉眼睫毛的各种往事）：还真没有。

小懒：……

第　十　章

她说，做人要有强大的内心力量，不论遇到什么问题，都要宠辱不惊，坦然、平和，无所畏惧，淡然洒脱，不被他人影响，有自己的坚持。内心强大的人，才是真正的强者。

❤ 这不是你的心里话 ❤

小懒叫了小群很多遍，让他去刷牙，熊孩子都没动。

小懒没了耐心，大嚷了几声。

小群（气呼呼的）：你离家出走吧？这样你就开心了，不会有人惹你生气了。

小懒（冷静）：我为什么要离家出走，我才不走。而且，我走了，你一个人在家，就不难过吗？这不是你的心里话，对不对？你舍不得我离开的。

小群（哇的一声哭出来，边抹眼泪边反问道）：你既然知道，还不赶紧过来抱住我安慰我。

小懒（木木要是会他儿子这手，那就不用吵架了）：……

❤ 关于外号 ❤

大家带着小朋友们去公园玩。

阿橙：丢丢，你经常一起吃饭的同事高……叫什么来着——高芬，对，她还单身吗？我想把她介绍给一个朋友。

丢丢：我不知道，上周绝交了。

小懒：为啥？

丢丢：嘴贱心毒。忍了她挺久的，拿着我的礼貌当老实，得寸进尺，没完没了。

木木：你们女生就是小心眼，屁大点儿事上纲上线的。

丢丢：才不是。她经常拿我的身高取笑我，什么小矮子、小矮人、武大郎、土行孙……我一个女生，整天被她这么叫，烦死了。关键人越多，她就叫得越大声，搞得有几个男同事也跟着叫了。半开玩笑的那种，我还没办法发火。

小懒：卑鄙！

丢丢：我一直忍着。你们懂的，这又不像学校，不喜欢一个人，彻底绝交就行了。同事不一样，你再讨厌她，面子上也得过得去，毕竟工作问题，还得沟通，还得配合。

阿橙：那后来是咋绝交的？

（丢丢的回忆）

办公室茶水间，丢丢在冲咖啡。

丢丢个头比较矮，在三个男同事间显得越发“小鸟依人”。

高芬端着饮水杯过来。

高芬：哎哟，小不点今天喝什么啊？

男同事们笑。

丢丢（尽量克制）：看来公司像我这样小巧可爱的类型，确实不多。

高芬：小巧可爱？我看不见得。要知道一米五几的人，在咱们公司，可是二等残废。

丢丢（终于忍无可忍）：对，我是二等残废，你呢？又胖又壮跟河马似的。我出于礼貌有涵养，平日里你乱给我起外号，我懒得跟你计较。怎么着，你还真把自己当人了？

高芬（愣住）：你！

丢丢：我怎么了？今天姑奶奶给你上一课，别天天拿着恶心别人当有趣，否则别怪我不客气。

高芬：哎呀，你这么认真干吗，你看看你，太敏感了，真是玻璃心。（转向三个男同事）你们说，是不是？

小懒（打断）：我最讨厌有人说别人“玻璃心、敏感”，这俩词简直是所有冒犯他人的言辞和行动的保护伞。

丢丢：对啊，我当时气得说不出话来，可是同事们又都看着，后来我只好以牙还牙了。

木木：咋还的？

（丢丢的回忆）

丢丢：对，我玻璃心，所以以后就请您不要给我起外号了。您呢，比较宽宏大量，怎么说您，您都不介意，您看看啊，（上下打量高芬）这直上直下的身材，叫您什么比较好呢？

高芬：你！

丢丢：瞧您这大鼻子，猪头也没您好看，这么说，您不玻璃心吧？

高芬：你欺人太甚！

丢丢：嘴巴地包天，还是叫您龅牙糕比较好。哦，对了，开会的时候我最讨厌你没完没了地抖腿，叫你高抖腿，不不不，大象腿，哪个好听？你不敏感吧？

高芬（急了）：你说谁呢？

丢丢：听好了，你再给我起外号，跟你没完！听见了吗？

小懒：天啊，你这炮火也太密集太猛了，都能把人家整得灰飞烟灭。

丢丢：谁让她一而再，再而三地招惹我的。那天我说完，她就哭着跑了，下午都没上班。后来再也不敢跟我叫板，看到我都躲着走。

木木（紧张得瑟瑟发抖）：那个，呃，丢丢……我现在道歉来得及吗？

小懒：木木，你为啥要道歉？

木木：我曾经当着阿橙的面，给丢丢起过外号……那个，喀喀喀，我不是有意的。只是那时你跟阿橙谈恋爱，我本来不看好你们，没想到你把阿橙收拾得服服帖帖的，所以……

小懒：是吗？你傻啊，阿橙也许没告诉丢丢呢。

木木：以我对他的了解，这种可能性很小。

小懒：那你叫她什么？

木木（沉默半晌）：小怪兽。

丢丢：没关系。阿橙告诉我时，我也给你起了外号，叫了小半年呢。

木木：啥？我咋不知道。阿橙！你居然都不告诉我。

阿橙：丢丢不让我讲啊，不怪我。

木木：你个叛徒，就知道你靠不住。

小懒：丢丢，你叫木木啥？

丢丢：看在你这么虔诚的分上，我告诉你好了。

木木（赔笑脸）：小怪兽这个外号，我可没啥恶意，多可爱啊。所以丢丢，你不能太过分，如果你给我起个黑马王子、小黑脸什么的，我会原谅你的。

丢丢：很抱歉不是，但是比黑马王子、小黑脸更可爱。大家都夸你长得黑，外号当然不能对不起您这健康的肤色。

小懒：你到底给他起了什么外号？

丢丢：驴粪球。

木木 & 小懒：……

阿橙：……

❤ 机灵鬼 ❤

丢丢的身份证丢了，补办起来非常麻烦。

小懒知道后，有点焦虑。

小懒：身份证不应该和卡放在一起，万一丢了或被偷，很麻烦。这样吧，我把咱俩的身份证收起来吧，反正用到的机会也很少。

木木（漫不经心的）：行。

……

一个月后。

木木看着小懒在家里翻箱倒柜的。

木木：小懒，你找什么呢?

小懒：身份证啊。

木木：呃，上次你说收起来，结果不知道收到哪里去了?

小懒：嗯，还好我是个机灵鬼。

木木：您机灵在何处呢?

小懒：我把身份证收起来，只是找不到身份证而已，卡还是在钱包里的！

木木：……

❤ 赶走撒谎精 ❤

小群在拼乐高。

眼看着只剩下最后几个步骤，但不知道哪个环节出了问题，剩下的几个小件就是扣不上。

小群试了几次，崩溃大哭。

小群：我是个笨蛋！我是最愚蠢的孩子！

小懒（抱过小群，轻轻拍着他的背）：不是的，小群。不要这样说。

小群：可是我检查了好几遍，就是不知道哪里有问题。

小懒：没关系，没关系，妈妈陪着你。你想哭就哭吧。

十分钟后。

哭声终于渐渐停止。

小懒：小群，你知道吗？当我们的情绪极度消极、低落时，要记得，其实是有个撒谎精钻到了你的脑子里，你不要相信它说的任何一句话。

小群：是这样吗？

小懒：是的。

小群：那这个撒谎精什么时候会从我的脑袋里离开？

小懒：它靠吸食我们失去理智时所呼出的空气活着，等我们慢慢冷静下来，不激动，恢复理智时，它就离开了。

小群（发呆了几秒，像在思考）：好吧，我试试。

两分钟后。

小群（重新拼乐高，尝试了几次，终于找到问题所在）：妈妈你说得对，那个撒谎精已经离开了。

小懒：耶！

❤ “母后”虐我千百遍 ❤

小懒跟小懒妈妈又因为炒菜时放姜的问题吵起来了。

小懒：妈，算我求您，炒菜能不能不放姜？我从小到大跟您抗议到现在，您怎么就一点儿都不听呢？

小懒妈妈：你从小到大抗议到现在，怎么还没习惯我做菜喜欢放姜呢？

小懒：……哎，您真不讲理。

小懒妈妈：不过，我挑出去了啊，难道没挑干净？

小懒：咱能不能压根就不放呢？您要喜欢吃姜，罐子里有姜粉，随便您吃。但我不喜欢，能不能不放？

小懒妈妈（长叹一口气）：唉，还是你小时候好。

小懒：啥？小时候？我小时候咋了？是不是特别可爱？

小懒妈妈：不是。主要是你小时候我为了让你闭嘴，晚上六点之前就能给你哄睡着了。

小懒：？？？

❤ 不逃课了 ❤

小群在幼儿园读预科班时，曾经带着自己的很多“队员”逃课。每每班主任陈老师去找时，都要费一番周折。

而一年之后，陈老师居然说，小群再也没逃过课了。

小懒：你今年为啥不逃课了？这不是你的风格啊。

小群（愣了一会儿，继续低头吃挖好的火龙果，然后才看着小懒，非常正式的，一字一顿的）：妈妈，我告诉你吧，如果再逃课的话，就打不开知识的大门了。

小懒（这么高的觉悟）：……

❤ 帮小女孩保管手表 ❤

那时小群还在上幼儿园。

周五下午，小懒接完小群回到家，收到丢丢的微信，说晚上阿橙亲自下厨，让他们过去一起吃顿饭。

到了丢丢家，餐桌上已经摆着大虾、排骨、红烧带鱼。

丢丢：你是不是有心事，怎么吃得心不在焉的？

小懒：我跟你们说，今天我去接小群，遇到一个小女孩。也不知道怎么了，我跟她完全不认识，她却非常信任地把她的手表给我了，说让我帮忙保管。

丢丢：这有什么不开心的？

小懒：我当时被她给的这种信任冲昏了头脑，就喜滋滋地接过来，帮她保管了。

阿橙：然后呢？

小懒：然后我忘记了我有脸盲症，转头就忘记了是哪个小女孩让我保管手表的了，你知道的，幼儿园里的小女孩那么多。我在后院滑梯处、沙池、操场……找遍了，也没找到那个小女孩。

丢丢：呃……

木木：这下厉害了，孩子健忘，你脸盲……后来呢，你找到她了吗？

小懒：没……我只好把手表给了办公室值班的老师，请她帮忙查找，物归原主。她答应我说，会挨个班级问问的。

木木：可是万一没有呢？我知道你不开心的原因了。

小懒：唉，你说吧，明摆着了。我不该胡乱答应人家。肯定让小女孩失望了。

木木：才没有。那个小女孩一定认为你是个小偷，拿了人家的东西，答应保管，却自己偷偷拿走。啊，好过分！小懒，你！你毁掉了一个天真无邪的小女孩对这个社会甚至这个世界的信任。

小懒：滚！

❤非暴力沟通❤

丢丢所在的公司，请来了国内特别有名的心理学家帮助员工调整心理状态，培训大家进行“非暴力沟通”。

丢丢认为非常实用。

为了“福泽众友”，她决定免费传授给小懒、木木。

于是在丢丢家，一场“专业”的非暴力沟通课，正式开始了。

丢丢（打开笔记本，一字一顿读着）：国际非暴力沟通中心创始人、心理学家马歇尔·卢森堡博士认为，言语上的指责、嘲讽、否定、说教以及任意打断、拒不回应、随意出口的评价和结论，给我们带来的情感和精神上的创伤，甚至比肉体的伤害更加令人痛苦。

阿橙（频频点头）：就是就是。

丢丢：这些无心或有意的语言暴力让人与人变得冷漠、隔膜、敌视。

阿橙：没错没错。

小懒：拍马屁。

丢丢（非常认真，面露不悦）：小懒，你认真听。

小懒：好……

丢丢：马歇尔·卢森堡发现了一种沟通方式，依照它来谈话和聆听，能使人们情意相通，和谐相处，这就是“非暴力沟通”。它意味着让爱融入生活，让尊重、理解、欣赏、感激、慈悲和友情，而非自私自利，贪婪、憎恨、偏见、怀疑和敌意来主导生活。

阿橙：哇，这么好！快点告诉我！

木木（戏精）：阿橙，你演得太过了啊……

阿橙：我才没有演，我都是发自肺腑的。

小懒：这本书我倒是看过，不过，我不介意今天跟着大家再重新复习一遍。

丢丢：小懒，不许插嘴，今天我是主讲人。

小懒：好……

丢丢：马歇尔·卢森堡提出了他认为非暴力沟通的四个步骤。

木木：哪四个步骤？

阿橙（强行打断）：老婆，咱简洁一点好不，你别照着本子念了，否则木木、小懒那样情商比较低的人，明年都不见得学会。

木木：……

丢丢：也行，那我就举个简单的例子。夜深了，孩子突然发高烧，反复哭闹，怎么哄也哄不好。妈妈给孩子吃了退烧药又贴上退烧贴，发现孩子浑身滚烫，量了体温，四十一摄氏度。而此时，爸爸一直坐在沙发上玩着游戏。请问，妈妈应该怎样跟爸爸沟通呢？

阿橙（急于表现）：要我说……

丢丢：小懒，你说。

小懒：我？我？嗯（冥思苦想）——如果真有男人这样，我就直接骂——你这个没心没肺的，孩子发烧成这样，你还玩！有你这么不懂事的男人吗？

木木：……

阿橙：……

丢丢：如果小懒这么说你，木木，你会怎么回应呢？

木木：如果她真的这么骂我，我……我就……当然回骂她！反弹反弹反弹！

小懒（冲上去）：你说谁呢，我跟你拼了！

木木（冲啊）：刚才谁说我，我就说谁呢！

丢丢（拦住）：冷静冷静，哎，别吵架，咱这不是如果吗？都冷静一下，跟我好好学习学习。像你们这种情况，就可以采用非暴力沟通的方式来解决你们的问题。

阿橙：不打架，和平地解决？

丢丢：对。马歇尔·卢森堡在书中指出，可以分四个步骤（继续念），1. 观察。保持客观的观察，而不做任何评价。2. 感受。体会自己和他人此刻内心的感受，并说出自己的感受。3. 需要。通过感受找到双方需要的根源，也就是沟通的目的。4. 请求。找到问题的根源后，明确具体地提出请求。

小懒（晕乎乎）：观察——感受——需要——请求……我想想哦。

丢丢：所以对话模式是这样的——我看到你在玩游戏，心里愤怒又难过。孩子发烧了，我需要你和我一起想办法。所以你可以和我带着孩子一起去医院吗？——这样的步骤，明白了？

阿橙：明白了。

木木：明白。

丢丢：小懒，你再来。

小懒：观察——我看到你又在玩游戏，滚！感受——心里愤怒又难过，难道我不想玩啊，可是孩子在生病啊。需要——难道看不出我需要你和我一起关心孩子吗？请求——所以你这个自私的家伙，可以放下游戏跟我一起带着孩子去医院吗？

丢丢：哪来这么多零碎。再说，小懒，你不是看过这本书吗？怎么还这样？

小懒：孩子发高烧，男人还在玩游戏，谁还能保持理智？谁能忍住不骂？骂都是轻的。

丢丢：算了算了，阿橙，你来演示一下。

阿橙：我？

丢丢：来吧。假设夜深了，多多发了高烧，一直哭闹。我抱着孩子心疼得流眼泪，而你却一直坐在沙发上玩着游戏。你觉得，我应该怎么样跟你沟通呢？

阿橙：丢丢，你就死了这条心吧，我会在你发现多多发烧之前，先发现他已经发烧了，然后迅速带他去医院，验血、验咽拭子什么的都做一遍，等我们父子俩回到家时，你问我干什么去了，这时你才知道多多发烧了。

木木：虚伪！奴才！

小懒：……

丢丢：……

❤ 小群不刷牙 ❤

小群十五个月大时，非常不喜欢刷牙。

木木唱 rap（说唱音乐）笑话他：

小群，不刷牙，牙臭臭。

肚子疼，怎么办？疼疼疼。

吃苹果，牙疼疼，

吃香蕉，牙疼疼……

一边跳还一边用食指刮小群的脸——

羞羞羞！

小群气得够呛，脸憋得红红的，终于爆发了——

小群：爸爸太吵了，妈妈，他太吵了，关掉他！

木木：……

❤ 鸡同鸭讲 ❤

一家人去旅行。

飞机在高空中飞行，遇到了强气流，颠簸个不停，严重时有空姐整个人撞向飞机顶部，咖啡撒了木木一裤子。

小群（并不明白发生了什么）：哇，真好玩！

小懒（惊魂未定）：天啊。

木木：别怕，没事，坐飞机失事的概率低着呢，比坐火车还安全。

小懒（强装镇定）：才没有。我只是……我只是……觉得这感觉像爱上一个人。

木木：爱一个人？爱谁？啥意思？你出轨了？不会吧，你非要在这个时候说吗？

小懒：滚，我才没有！

木木：那你到底要说什么？

小懒：你不觉得，爱一个人，就像飞机在高空中飞行吗？对方轻微的情绪变化，都像遭遇了强气流，整颗心悬在空中，起起伏伏，颠簸不止。

木木：没有啊，我情绪一直都很稳定啊，怎么会起起伏伏？你吓傻了吧？

小懒（真是鸡同鸭讲）：……

❤ 熊孩子找玩具 ❤

小群跟多多周末疯了两天，两家来回窜。

晚上时，多多来找小懒，着急得不行。

多多：阿姨，我的小绿人不见了，你帮我找找。

于是小懒带着他，找遍家中的各个角落，累得满头大汗，依然没有一点影子。

终于，小家伙估计实在忍不住了。

多多（困惑的）：阿姨，我在我家丢的，你为啥在你家找？

小懒：……

❤ 强大的内心 ❤

大家一起逛超市。小群和多多一下子奔到玩具区，一会儿摸摸这个，一会儿看看那个，兴奋极了。

阿橙和木木在旁边的家用电器区讨论得热火朝天。

丢丢不经意间看了阿橙一眼。

察觉到什么的阿橙不禁打了个冷战，贼眉鼠眼地看看丢丢，又看看自己，眼神飘忽不定，像是做了什么亏心事，接着做贼似的往木木身后躲了躲。

小懒：……你家阿橙这是啥情况？

丢丢：我也不知道，我上周就发现他有这个毛病。是不是有猫腻？

小懒：有可能。

丢丢（走到阿橙身边）：为啥我一看你，你就目光躲闪？

阿橙（目光尽量回避和丢丢对视）：没有啊。

丢丢：还说没有，你看，这是我刚才拍的视频，你看看你在里头什么德行！

阿橙（看完手机视频里的自己，长叹一口气）：唉，好吧，我招了。

小懒：你还真有啥事啊？

阿橙：我们领导最近找我谈心，问我为啥看她时目光总躲闪。我说没有啊……于是她给我发来了她录的一段视频，就跟丢丢录的我的样子，差不多。

丢丢：啥？你领导也发现了这个问题，也录了你的视频？

阿橙：……嗯，她问我，我平时工作表现很出色，跟同事也能打成一片，很有人缘，为什么独独每次跟她说话、对视时老是目光躲闪呢？

丢丢：你接下来不是要告诉我，你的出轨对象就是她吧？

阿橙：不是，哎呀，丢丢，你别乱想，我保证这事跟出轨没关系。你先听我说完。

木木：对，丢丢，我保证，肯定跟出轨没关系，顶多也就移情别恋啥的。

阿橙：滚！我领导跟我谈完之后吧，我开始意识到我的问题，就是我从小父母管得严，所以从小就特别害怕权威，特别容易屈服权威。上学了害怕老师，成年了工作了，见到领导，就像学习成绩差的学生见到老师一样……总是不由自主地紧张。

小懒：我也有这个问题。

木木：没看出来。

阿橙：我领导说让我最近好好调整一下。

丢丢：怎么调整？

阿橙：她说，做人要有强大的内心力量，不论遇到什么问题，都要宠辱不惊，坦然、平和，无所畏惧，淡然洒脱，不被他人影响，有自己的坚持。内心强大的人，才是真正的强者。

小懒：哇，你们领导说得真好，我都有点爱上她了。

阿橙：你少给我挖陷阱，我可没有。我觉得她说的是有道理，但怎么样才能成为一个内心强大的人呢……她可没告诉我方法，说只能我慢慢体会。

木木：然后呢？

阿橙：我决定每天练习跟丢丢对视，我要瞪着她，无所畏惧，淡然洒脱……结果没想到反而变得更严重，导致我看丢丢的目光也像是小时候淘气，看到爸妈来了一样。

木木：嗐，就这破事啊，我教你啊。我内心力量最强大了，大学刚毕业那会儿，我就是靠的内心强大，才赢得一家又一家公司的offer（录用信）。

小懒：吹牛皮！

木木：真的，我从一本心理学书上看来的。每当你遇到觉得比较强势，让你感觉压抑、想要躲闪的人时，你就想象，他们没穿衣服。

阿橙（眯着眼）：光着？

木木：对，他们连一块遮羞布都没有，在你面前，他们没有任何优越感，只觉得羞愧……

阿橙（找感觉）：一块遮羞布都没有！

木木（盯着阿橙）：打住，不是色眯眯的眼神！是骄傲，藐视他们！你高高在上！气场强大！

阿橙（盯着丢丢，色眯眯的……再转向小懒……转向在超市买东西的男男女女）：藐……（色眯眯）视？

木木：……我们还是撤吧。

小懒：……

丢丢：好。

阿橙（淫荡的）：哈哈哈哈，全部都光着！

木木：……

❤ 淡定的小群 ❤

在小群一岁半时，有一天小懒做了特别的早餐。

小群很喜欢，脸也不肯洗，就坐在餐桌边大口大口开吃。

小懒：咦，我怎么觉得哪里臭臭的？

木木：我好像也闻到了。

小懒（四处嗅，依然没有找到臭源）：不会是小群拉裤子里了吧？

小群：我才没有。

小懒：好吧，对不起，我冤枉你了。

二十分钟后，小群吃完早餐。

小群（意犹未尽的）：妈妈，我拉便便了，便便都滑到裤脚了。

木木（我儿够淡定，真是有大将之风）：……

小懒：……

❤ 生活小常识 ❤

各位亲爱的读者朋友。

如果您家里有熊孩子，手被 502 胶水粘住了，怎么分都分不开。

别慌！去厨房，找到一瓶醋。接着，把整瓶醋倒出来，将熊孩子的手，放在盆里泡。也不需要很长的时间，大概二十分钟就泡开了。

不要问小懒是怎么知道的。

呵呵。

❤ 成年人的默契 ❤

丢丢打开朋友圈，发现小懒刚刚发了一条内容——

有多少事情，你不问，对方便会一直沉默。那些曾经约好的、满口答应的、频频点头恨不得马上兑现的……仿佛从来没有发生过，就这样无声无息地死在了对方长久不主动、无回应，而你亦无法鼓起勇气询问的沉默中。

丢丢：小懒，你咋了？

小懒：唉，我觉得我是个废物。

丢丢：咋了，为什么这么说？

（小懒的回忆）

小懒去吃自助餐。

主食摊位上，厨师正在煎蛋，做面条。

小懒：您好，我要一碗馄饨。

大厨：好的。下一碗就是您的，您五分钟后过来取。

五分钟后，小懒巡视一圈，发现柜子上有各种做好的面条、水饺、煎蛋，陆续有客人过来取走——“是我的吗？”“对，您拿走吧。”

唯独没有小懒要的馄饨。

丢丢：那你就去问厨师，这么闷骚地发啥朋友圈，谁能想到那儿去。

小懒：我……不知道为什么就是张不了嘴，就是觉得厨师已经答应了，明明说好，却没有做……

丢丢：顾客太多，人家忘记了呗。

小懒：我能理解他忘记，也没生气，就是自己无法鼓起勇气再去问……我在生自己的气。可能我有社交恐惧症吧……

丢丢（打了小懒一记栗暴）：社交恐惧症个头啊！我看你就是闲的。以后闲着没事别乱发朋友圈，够吓人的。

小懒：我怎么吓人了？

丢丢：我还以为你跟木木发生情变了呢……跟小三说好了私奔，结果对方却反悔了，无声无息，长久不主动，无回应……而你也无法再鼓起勇气询问……

小懒：……

❤ 可恶的期末考试 ❤

小懒去丢丢家做客，发现阿橙正追着多多打，这对父子，满屋子窜。

小懒：你们干吗打多多？不许打。

阿橙：这是我家的家事，你少管。

小懒：到底发生什么了？

丢丢：唉，期末考试的数学卷子你看了吗？

小懒：看了啊。咋了？

丢丢：多多都没及格。

小懒：啊？咋回事？貌似题目并不难。

丢丢：题目是不难，但架不住多多马虎啊。我随便举个例子吧，有道题问，苹果九块钱三斤，梨四块钱两斤。问，苹果和梨哪个更便宜？

小懒：多多怎么写？

丢丢：他解题解得非常漂亮，加减乘除，可溜儿了。结果答时，写——香蕉更便宜！你说该不该打！

小懒：……那也不许打孩子。弗洛伊德说了，打孩子只能表明父母的无能。马虎而已，讲道理就好了。

阿橙：你少说风凉话，小群考得好，你才这么说。

小懒：怎么可能……你们知道小群错了哪道题吗？小红看一本七十二页的书，需要八天看完，平均每天看几页？

丢丢：哦，小群乘法口诀背得不熟吗？

小懒：不是，他背得可熟了，列竖式——72÷8=9（页）。然后下笔写道——答：她平均每天看 8 页。

阿橙（大笑）：答案算对了，写错了，哈哈哈哈。这下我倒是平衡多了。要不，我打完多多，帮你去打小群？

丢丢 & 小懒：…

❤ 面膜的烦恼 ❤

夜里。

小懒洗完脸，拿出一张面膜准备敷上。

只见她拿着面膜东拉拉，西扯扯，非常生气。

木木（玩游戏中）：咋了？

小懒：你洗个脸好不好？

木木：我不要。

小懒：我帮你擦个脸，好不好？

木木：神经病。

小懒进了卫生间，拿着一张湿纸巾出来，走到木木身边，出其不意地用湿纸巾对着木木的脸揉搓了一番。

木木：哎呀，你干吗？

小懒（展开一张面膜）：你敷下试试。

木木：我不要。

小懒（坐在木木腿上，压着木木不让他动弹）：你别乱动，你老老实实的，给我一分钟就行。否则我就没完没了缠着你，啥也不让你玩。

木木（犹豫了三秒钟）：好吧。

小懒（终于成功地给木木敷上了一张面膜，上下打量）：哈哈哈，我就说不是我的原因。

木木（一把扯下面膜扔到垃圾桶）：到底怎么了？

小懒：唉，我用的这个牌子的面膜，根本盖不全脸，我还以为是我的脸太大呢。

木木：那你往我脸上敷是什么意思？

小懒：就是为了证明，确实是面膜的问题。

木木：可是我敷着很合适啊，明明是你脸大。

小懒：才没有，你半边脸都露着呢。

木木：谁做证？你要是再烦我玩游戏，我就发微博发朋友圈，说我都敷得上的面膜，小懒却敷不上。唉，有啥办法，小懒的脸实在太大了。

小懒：……

❤ 出尔反尔 ❤

小群答应小懒从今以后独立睡觉，但到了晚上却依然哭哭啼啼地要求爸爸或者妈妈哄睡。

小懒把道理说尽，小群依然坚持。

小懒耐心耗尽，非常生气。

小群：妈妈，给我洗个苹果！

小懒（不搭理）：……

小群：妈妈，我要吃苹果！

小懒（生气）：……

小群（气得双手叉腰，质问）：你这么好的妈妈，怎么能这样伤害你的孩子呢？！

小懒：……

❤ 小白和莫羡的决定 ❤

小白和莫羡最终还是选择了离婚。

即便莫羡一而再，再而三地想要挽回，并做出了很多妥协。

但，太晚了。

小白决心已定。

只是，最后的最后，小白做出了她最后一次让步。

她同意用两人这一年多开店赚来的钱，结伴去旅行。她想要多看看这个世界，多看看这个世界的男人和女人，也许依然不悔这个决定，也许复婚，一切都是未知。

听到这个消息后大家为他们举办了庆祝酒会。

小懒：通透的人，做通透的事。你们离婚后，还能搭伴去旅行，太不可思议了。换成别人，如果已经闹到离婚，说明一分一秒都没办法在对方身边待下去。

莫羡：小白是个很好的朋友。

小白：你也是。

木木：小白、莫羡，来，我给你们一个机会。

小懒：啥？

木木：我听说现在有专门卖恋爱保险的，两百多块钱一份，如果在三年以后十年以内结婚，会获得保险公司一万朵玫瑰做礼品，或者一千到九千九百九十九块钱的祝福金。你俩要不要试试？

小白：一万朵玫瑰？

莫羡：听上去倒是很划算。

小白：不想再折腾了，好不容易下了决心恢复单身离异状态，我可不想再被圈进去。

木木：我是觉得你俩目前这状况，根本不可能分开。人家蜜月才旅行，你俩倒好，离婚旅行……既然如此，不如买个保险。如果三年后没结婚呢，钱也不多，就当吃了个饭。如果结婚了呢，一万朵玫瑰呢，多阔气！

阿橙：你要是结婚了不喜欢那花，可以送给我，我家丢丢最喜欢玫瑰了。

丢丢：没出息的劲儿，又抠上了。

阿橙：这哪儿叫抠啊，我这是会过日子。

木木：滚，我还没说要呢，哪儿轮到你了。

小白：谢谢啊，我想还是算了。

莫羡：我同意小白的决定。

丢丢：离婚后复婚的也算，也赠玫瑰花？

木木：应该可以吧。

丢丢（阴阳怪气的）：阿橙，你要那么想要，我跟你离呗，三年后再复婚，这样你就能有一万朵玫瑰花送我了。

阿橙：我不！你以为我傻啊，万一离婚后你不跟我复婚呢？

丢丢（冷笑）：那你就可以跟别人买这个保险，同样可以得到一万朵玫瑰花。

阿橙：我不，我就要小白和莫羡的，这样保险！你少骗我，我绝不上当。

小懒 & 木木：……

小白 & 莫羡：……

❤二胎生活❤

小阔被姥姥抱着，哭得撕心裂肺。

小懒想要拿出更多的时间陪小群，狠下心来，继续躺在小群旁边，希望他尽快睡，她好去抱小阔。

无奈熊孩子小群跟小懒聊完班里的同学聊《三国演义》，又要教小懒弹钢琴，讲手型、讲简谱……接着分享了川航的飞机玻璃碎掉仍平安着陆的新闻，仍没有一丝睡意。

他察觉到妈妈“身在曹营心在汉”，可怜巴巴地说：“妈妈，别离开，我需要你。”

小懒听着外面小阔的哭声越发心急，但答应了陪小群又不得不做到，于是随口说：“要不然，你给妈妈说句情话吧，好久没听你说了。”

“嗯，妈妈，你是我的小永远。

“你是我的小温泉。

“你是我的小苹果派。

“和你分开，对我来说，是怪物。”

……

遥想当年熊孩子年纪小，没少说以上这些让小懒听后觉得清新稚气又荡气回肠的话。

太久没听过了，很是怀念。

小群从床上坐起来，黑暗里小懒看不到他的眼神，只听到他慢悠悠的声音——

“妈妈，你是我的小火堆。”

儿子，你是情话高手，妈说啥都不走了，今晚就陪你了。

❤ 所谓幸福 ❤

寒冷的冬天，大家一起泡温泉。

丢丢裹着毯子，从大堂的冰柜里拿了支雪糕，却并没有吃，时不时用雪糕偷袭阿橙的脸、后背、大腿，阿橙被折磨得惨叫连连。

木木就比较幸福了，只需要回答小懒的问题就好。

小懒：老公，你说温泉为什么叫温泉，而不叫烫泉或者热泉呢？明明很烫啊。对了，咱们开车来的路上，我看到有个人在用头撞大树，你猜，他是哪年生的？

木木：……

赵老师也和周老师在闲聊。

赵老师：我去医院看腿，医生让我拍个片子，你猜他看了片子说啥？

周老师：说啥？

赵老师：说让我打蜂蜜！还问我打国产的还是进口的。

周老师：啥？打蜂蜜？

赵老师：嗯，我也愣了，心说国产和进口的咱家倒是都有。于是直接问医生，为什么要打蜂蜜？喝行吗？我们家还有蜂王浆，蜂王浆行不行？

周老师：医生怎么说？

赵老师：医生说，是打封闭。

周老师：……

此刻，丢丢发现，小懒又默默地发了一条朋友圈——

对于女生来说，所谓幸福，也许仅仅是在自己喜欢的人面前，无所顾虑地发着各种神经质，而他并不以为怪，只是宠溺地看着你。

（全文完）

后记

我想实现你所有的愿望

1

没想到《全世爱 5》可以从二〇一〇年出版第四部时预告的二〇一一年出版，一拖拖到了二〇一九年。

我居然拖了八年的时间吗？

不可思议。

简直有点崇拜我自己。

喀喀。

早知道是这样，我何必说什么如果写不完就不吃肉不吃水果（干吗对自己这么狠），就应该在当时说，接下来，要开始八年的拖稿生涯了……

不带任何压力和包袱地堕落地拖稿，才是真快乐。

2

这八年里，相信大家发生了很多的变化吧。

那些从二〇〇六年开始看《全世爱》的小伙伴，那些昔日曾经青涩的小学生、中学生、大学生朋友……早就迎来各自灿烂的人生了，不是吗？

考入心仪的大学。

成为硕士、博士。

找到理想的工作。

遇见使自己小鹿乱撞的那个人。

谈了场刻骨铭心的恋爱。

结婚。

生子。

小正太变成了娃他爹，少女成了娃他妈。

……

希望是这样的，相信你们是这样的。

谢谢把这些消息通过微博、邮件与我分享的你们。

嗨，很欣喜知道这些消息。

仿佛我曾参与了一样。

3

这是《全世爱》系列的最后一本。

也不想说什么“很抱歉今年才出版”的鬼话。

万事终有其终，但绝不是我们相遇的结束。

我会陆续在新浪微博更新后面的故事……如果不出意外，也许能更到我做奶奶?

也许真的说不定，如果你们还愿意、还想再读，欢迎去那里找我。

4

谢谢这么多年，你们的阅读和陪伴。

我曾经在之前出版的几本书里写过，成年人对快乐和幸福的要求越来越高，我对我的书，却没有什么更高的追求。只盼望，我写的书中，哪怕有一句话，让你大笑，或者反思，我就很满足了。

希望这本书也是。

曾经发过一条微博，问大家要不要讲一些自己和《全世爱》的故事与缘分，我会挑选一些在《全世爱 5》出版时，印在书的最后面，毕竟我们一起见证了彼此曾经闪闪发光的日子。

现在，我做到了。

没想到你们真的在书里面吧？

遇见作者，遇见读者，遇见自己。

这么多年，本来就是一路同行的啊。

5

最后当然要说一些吉祥话。

祝所有看这本书的朋友们，平安、健康，过自己想要的生活。有强大的内心，不惧不怒，不忧不虑，不气不泣，不执不计。

大大小小美好的愿望，全部都实现。

爱你们的小懒
2019.2.27

回音——与《全世爱》的故事

⦰ 曉曉 _ 敏：

记得当初刚开始谈恋爱的时候，他知道我喜欢小懒，送了我一本《全世爱》。到现在，我们认识十年了，在一起八年，结婚两年，宝宝一岁多了。时间过得好快啊，但我们在一起了！

⦰ 羊心与独角兽：

从第一本书到现在，从十二岁到十九岁，我越来越明白爱情的模样，也珍惜着现在所拥有的幸福。谢谢小懒分享自己的生活，也让当初十二岁的我，懵懵懂懂地期待着爱情。

⦰ 22 要无穷大：

当年分手后觉得自己要崩溃的时候开始看《全世爱》，你的故事让我度过了那段难熬的时间，让我还可以继续相信爱情。

⦰ 澍沐 blanche19：

第一本《全世爱》是在中学时代看的，当时觉得木木与小懒之间的故事超级暖，觉得木木风趣幽默还会做饭，太完美啦！在看到第二本的时候我遇见了现在的先生，八年之后的今年我们也迈入了婚姻，将对方刻入自己的生命。很喜欢小懒和木木的爱情，好谢谢你给出的爱的答案。

⦰ 老婉：

十年了，我依然喜欢你的书，只是我从懵懂的高中生，变成了站在三尺讲台上的教师。这十年，过得不温不火，有开心，有痛苦，也有难熬的时候，但是我一直都在成长着，慢慢成为自己想要成为的那类人，很开心有《全世爱》一直陪伴着我。

⦰ 橘火 RAN：

初中开始看《全世爱》，每一本我都看过好几遍，真的喜欢你和木木的生活，常常都被你们的幸福甜哭。后来我也像当年的你一样鼓起勇气，去和一个一直喜欢的男生表白，现在我们已经在一起啦。

⦰ 仲夏夜之骐星：

从《全世爱 1》到《全世爱 4》，我依然单身，不变的是相信爱情的美好。

上次小懒来东南大学九龙湖做演讲，我特地坐了两个小时的车，大晚上从四牌楼跑到九龙湖，听完演讲再坐回去。支持你，小懒，支持你和木木，加油，我要等着小群仔长大！小群仔是我的！！

⦰ 苏半仙呀：

我从初中的时候开始看《全世爱》，之后每本都买来珍藏，现在也已经和爱的他结婚，期待未来有像我们的小宝宝。希望小懒和木木幸福，期待《全世爱5》。

⦰ 小甜甜的板栗板栗：

我从初中开始看懒姐的书，现在我大三啦。现在每天怀揣着梦想，想要去北京闯一闯、看一看，如果可以成功去北京，真想看看懒姐、群仔和新宝宝。希望有懒姐的运气，可以遇到很棒的室友和很棒的恋人，想拥有和懒姐一样的家庭。

⦰ xu 大婶：

二〇一二年小懒在广州签售的那天，我结婚。那天天气晴朗，阳光明媚，很遗憾没有参加签售会，也遗憾小懒不能来参加我的婚礼，可我知道，那天我们是最幸福的人。认识小懒十年了，感谢你带给我的治愈。

⦰ 九九呀,,,,：

小懒姐，我最爱你的《全世爱》，这是陪伴了我整个青春的一本书，我已经翻来覆去地看了很多遍了。现在我也跟我男朋友在一起五年了，希望我们都一直幸福。

⦰ 吴皂一：

原来已经十年了。我从初二开始看《全世爱》，初二，真好，还未恋爱，未工作，未毕业，未结婚，未生子，没想过会过现在的生活。但谢谢爱我的家人，不离不弃陪我的朋友们，谢谢你们无穷尽的包容。愿你和木木，永远就这样，平淡又穿插着小乐趣地相伴这一生。

⦰ 我是奶糖冻呀：

那年，在《全世爱》里开启了我的爱情启蒙，羡慕你跟木木可以牵手、散步，可以打打闹闹，羡慕你的虎崽机灵可爱……后来我也遇到了我的“木木”，爱情长跑五年，今年步入了婚姻殿堂，开启了我的婚姻生活。仍然跟当年一样，爱你如初。

Swlswift：

我初中开始看《全世爱》，当时一边看就一边脑补小懒和木木的各种生活场景。到现在，已经大学毕业，开始工作了。我过上了以前想要的生活，虽然每天要做项目、写策划、翻译文件、踩着高跟鞋到处跑，也累，但很快乐。只是，还是没有遇到像木木对小懒那样的人。但我相信，我会遇到的。即使他是一个爱踢球的臭脚汉，我也不会嫌弃的。

筱五笔记：

我看第一本《全世爱》时是二〇〇九年上大学军训的第二天晚上，第一次看书全程嘻嘻哈哈笑得不行。转天接着军训，我把看到的好玩的情节讲给班里的同学听，有个男生不懂我的笑点，各种嫌弃我。第二本《全世爱》上市时，那个说我笑点低的男生买书当生日礼物送给了我。去年的十月二号，一起走过近八年时光的我们，结婚了，哈哈。

⦰ 美人鱼想逃跑 1020：

刚刚看到小懒的微博，就想着一定要在这条微博下留言，想告诉她，我们见证了他们一家三口的幸福，他们同样也影响了我们。我结婚时写给先生的话就是抄的小懒的，真的写得好，又很感人。

⦰ 淼淼小猪佩奇：

你的书，我每一本都买。心情不好的时候，看你的书就会觉得特别治愈，现在看你的微博也是如此。过去了这么多年，我一点点接近了自己小时候想要的生活。谢谢你一直都在写书，祝你继续幸福下去。

⦰ LohasLohas_Liu：

喜欢小懒是因为《谁赋予他伤害你的权利》，开通微博也是因为小懒。从《最小说》到《全世爱》单行本再到《读者》原创版等等，我都一直关注着小懒。从学生时代到工作到恋爱，一直觉得小懒算是树立或者影响我婚恋观价值观的作者，祝福小懒。

⦰ **Aries_ 兔爷：**

小懒，我超级喜欢你。我上学的时候看你的书，现在左边是老公，右边是儿子，生活有说有笑，有吵架有生气。我以为所有的爱情小说都是缠绵悱恻、轰轰烈烈的，看了你的书，改变了我的感情观，树立了我的婚姻观。像你一样好好过好自己的生活，有那么一点馋嘴，有那么一点小心机，好美好。

⦰ **徐 – 小茜 –：**

亲爱的小懒，我是因为《全世爱 2》认识的你。喜欢你和木木的故事，温馨而可爱。那本书是我前男友兼初恋男友送我的情人节礼物。机缘巧合，我碰到了我现在的男朋友，现在订婚了，也为我们的未来一起奋斗着。原来已经过去了这么多年啦，在这七年之中，我失恋又恋爱又失恋，也曾在小懒的微博中得到安慰与温暖，感谢小懒的陪伴，虽然我们不曾相见。

⦰ **森林鹿 –：**

小懒姐，开始看你的书应该是在六年级，现在我已经大二了。感谢你的书在我空闲的时光以及无聊的日子里陪伴了我。期间我也找到了男朋友，在一起快四年啦！我们一起考上了同一个大学同一个学院，希望以后的我们也能像你和木木一样相爱很久！也要祝福你和木木以及群仔开心幸福地度过每一天！

⦰ 虎儿妈哈：

今年老公二十九岁，我三十岁。我们经历过轰轰烈烈的私奔、家族的抗战和奉子成婚。我买了你的很多书，《全世爱》更不知道买了多少套，自己看也送人。我们了解你、喜欢你、祝福你。每天我都要看看你的微博，早已成了习惯。在婚姻中，有几百次想了结自己，几百次想干掉孩儿爹……但，我不后悔，而且每天真的很幸福。因为这就是爱啊，这一辈子值得了！

⦰ Zjufish：

从高中开始看《全世爱》的杂志连载到单行本到续集，一转眼十二年已经过去，所有的故事我都看过。年少时只是觉得搞笑，却在长大后也过上甜甜的生活后才觉出其中的珍贵。要宝宝的事情提上了日程，早就想要买一整套新版《全世爱》，在不久后的孕期开开心心地看。

⦰ **Tomorrow—Tomorrow—Tomorrow：**

那时我还在念高中，女孩子嘛，对恋爱肯定有憧憬的，在那个全封闭、老师从头管到脚的环境下，《全世爱》是我内心最美的憧憬，因为它写的是生活的点点滴滴，不是“全世界都爱我”的玛丽苏。从高中追到大二《全世爱 4》出版，我开始玩微博，第一个关注的就是懒姐，一直到现在。坐等第五部。

⦰ **蜗牛小姐略：**

今天看见小懒姐说第五部要出了，突然就想起了很多温暖又好笑的片段。从高二到大三，以前一起看书的人已经分开了，一起嘻嘻哈哈的人也不在同一个城市了。多好啊，《全世爱》还在呢。

五年里见过形形色色的爱情故事，也遇见过一些形形色色的人，都觉得不如高中时候的恋爱那么认真那么纯粹那么刻骨铭心。谢谢你让我见识到不一样的世界，也谢谢你让我认识《全世爱》。

最后祝小懒姐和木木能一直幸福下去，小群仔和小阔健康长大，祝大家万事胜意，祝我能早日找到属于自己的木木。

图书在版编目（CIP）数据

全世爱 . 5, 我想实现你所有的愿望 / 苏小懒著 . --
南京 : 江苏凤凰文艺出版社 , 2019.9
ISBN 978-7-5594-4008-2

Ⅰ . ①全… Ⅱ . ①苏… Ⅲ . ①作品集 – 中国 – 当代
Ⅳ . ① I247.8

中国版本图书馆 CIP 数据核字 (2019) 第 160171 号

全世爱 5 我想实现你所有的愿望

QUAN SHI AI 5 WO XIANG SHIXIAN NI SUOYOU DE YUANWANG

苏小懒 著

出 版 人　张在健
监　　制　邓　理
责任编辑　唐　婧
策划编辑　谌　俊
营销编辑　雷　蕾
封面插图　石魚丁
封面设计　杨　平
内文设计　杨　露
出版发行　江苏凤凰文艺出版社
　　　　　南京市中央路 165 号，邮编：210009
网　　址　http://www.jswenyi.com
印　　刷　湖南天闻新华印务有限公司
开　　本　880mm × 1230mm 1/32
印　　张　8.25
字　　数　220 千字
版　　次　2019 年 9 月第 1 版
印　　次　2019 年 9 月第 1 次印刷
书　　号　ISBN 978-7-5594-4008-2
定　　价　38.00 元
